Coordination éditoriale : Ariane Caron-Lacoste
Correction d'épreuves : Emmanuel Dalmenesche
Montage : Michel Fleury

Catalogage avant publication de Bibliothèque et Archives nationales du Québec et de Bibliothèque et Archives Canada
Harvey, Jean-Charles, 1891-1967
Les demi-civilisés
Nouvelle édition.
Édition originale : Montréal : Éditions du Totem, [1934].
ISBN 978-2-89295-421-0
I. Titre.
PS8515.A81D4 2016 C843'.52 C2016-940301-7
PS9515.A81D4 2016

ÉDITIONS TYPO
Groupe Ville-Marie Littérature inc.*
Une société de Québecor Média
1055, boulevard René-Lévesque Est
Bureau 300
Montréal (Québec) H2L 4S5
Tél. : 514 523-7993
Téléc. : 514 282-7530
Courriel : vml@groupevml.com
Vice-président à l'édition : Martin Balthazar

DISTRIBUTEUR :
Les Messageries ADP inc.*
2315, rue de la Province
Longueuil (Québec) J4G 1G4
Tél. : 450 640-1234
Téléc. : 450 674-6237
* filiale du Groupe Sogides inc.,
filiale de Québecor Média inc.

Les éditions Typo bénéficie du soutien de la Société de développement des entreprises culturelles du Québec (SODEC) pour son programme d'édition.
Gouvernement du Québec – Programme de crédit d'impôt pour l'édition de livres – Gestion SODEC.

Financé par le gouvernement du Canada | Canada

Nous remercions le Conseil des arts du Canada de l'aide accordée à notre programme de publication.

Dépôt légal : 2e trimestre 2016

edtypo.com

LES DEMI-CIVILISÉS

JEAN-CHARLES HARVEY

Les demi-civilisés

TYPO
Une société de Québecor Média

INTRODUCTION

Ce roman, paru en mars 1934, s'efforçait de peindre certains milieux petits-bourgeois de Québec et autres lieux. Comme mes écrits précédents m'avaient quelque peu mis en vedette, mon éditeur Albert Pelletier, dont on oublie trop les services rendus aux lettres canadiennes, espérait un succès de ce dernier-né. Mais une bombe éclata qui nous déconcerta tous deux.

Vers la fin d'avril, Son Éminence le cardinal Villeneuve, archevêque, interdisait *Les demi-civilisés*. Son décret, publié dans *La Semaine religieuse*, défendait aux fidèles, sous peine de péché mortel, de lire ce livre, de le garder, prêter, acheter, vendre, imprimer ou diffuser de quelque façon. On imagine l'effet d'une condamnation si complète et fulminée de si haut. Amis et ennemis crurent que je ne m'en relèverais jamais. C'était le temps où l'Église, encore plus que de nos jours, jouissait d'une autorité et d'un prestige incontestés aussi bien auprès du pouvoir civil que dans la masse des croyants.

Le Soleil, porte-parole ministériel, dont j'étais le rédacteur en chef depuis sept ans, était le plus fort des quotidiens de la région québécoise. Ma fonction me liait étroitement aux chefs fédéraux et provinciaux du parti régnant. Alexandre Taschereau, premier ministre, et Ernest Lapointe, bras droit de Mackenzie

King, m'honoraient de leur confiance. À cause de l'influence d'une telle situation et surtout du libéralisme d'idées qui imprégnait parfois mes articles, j'inquiétais sans doute la hiérarchie. On me surveillait depuis longtemps. Dès 1929, mon recueil de nouvelles, *L'homme qui va…*, dénoncé comme immoral et païen, n'avait échappé au coup de massue, paraît-il, que grâce à l'attribution du prix David.

La nouvelle de la mise au ban des *Demi-civilisés* se répandit d'un océan à l'autre le jour même où le cardinal promulgua sa sentence. Dans son affolement, mon directeur, Henri Gagnon, de passage à Montréal à ce moment-là, me téléphona le soir même à mon domicile pour exiger ma démission immédiate et me prier de ne plus me montrer au journal qu'il administrait. « Vous aurez votre salaire, dit-il, jusqu'à ce que le gouvernement vous procure un emploi. » Je lui demandai s'il en avait parlé à M. Jacob Nicol, propriétaire du *Soleil*. Il répondit dans l'affirmative et ajouta : « M. Nicol a conféré tout de suite avec M. Taschereau. Celui-ci promet de vous caser à la condition que, dans une note où, sous votre signature, vous ferez connaître votre départ, vous annonciez votre décision de retirer votre volume du marché. »

Je protestai contre cet ukase. M. Gagnon rétorqua : « Vous savez mieux que moi que le premier ministre doit protéger les intérêts du parti avant tout. Il ne peut se payer le luxe de se mettre le clergé à dos. » Que faire ? J'avais six enfants, j'étais sans le sou et les bons emplois sont rares. L'alternative : me soumettre ou joindre le régiment des miséreux.

Je ne pouvais, sans un déchirement, répudier mon ouvrage ; mais, à la réflexion, je me rendis compte que les volumes en librairie appartenaient aux Éditions du Totem d'Albert Pelletier et non pas à l'auteur, de sorte que mon acquiescement au désir du chef de l'État serait nul et sans effet. Je me résignai donc à publier dans *Le Soleil*, le jour suivant, l'humiliante note déclarant que, vu la décision de l'archevêque, je consentais (sic) à retirer mon roman. Tout le monde comprit que le mot *consentir* signifiait que l'on m'avait forcé la main comme on l'avait fait autrefois pour un homme infiniment plus important qui s'appelait Galilée. D'ailleurs, je ne retirais rien du tout, puisque le livre appartenait matériellement à un autre. Je ne me suis pourtant jamais pardonné de m'être prêté à cette comédie.

L'index fit boomerang. Sous l'attrait du fruit défendu, le public prit d'assaut certaines librairies de la métropole, dont l'archevêque n'avait pas daigné appuyer le décret de son collègue de la Vieille Capitale. Pour le livre et son auteur, ce furent des heures de célébrité. À plus de trente ans de distance, on en parle encore.

Mes vacances payées me portèrent jusqu'à l'automne, alors que le premier ministre m'offrit conditionnellement la fonction de bibliothécaire provincial. « Vous n'avez, dit-il, qu'à obtenir l'assentiment du cardinal, et le poste vous appartient. » Ma fierté se cabra : « Je n'irai pas à Canossa ! » lui dis-je.

Le chef du gouvernement me demanda alors si je connaissais un prêtre influent et d'esprit large qui me recommanderait par écrit. Je lui désignai le directeur de *L'Action catholique*, le chanoine Chamberland, avec qui j'entretenais des relations cordiales.

Ce dignitaire m'accueillit chaleureusement dans son cabinet de travail, rue Sainte-Anne. Il s'informa de ma santé, de ma famille, de mes projets, après quoi je lui fis part de l'objet de ma visite. « Une lettre ? Bien sûr ! Je ne demande pas mieux que de vous aider. » Puis, après une pause : « J'y pense. Le cardinal s'étonnerait peut-être de ce que je ne l'aie pas consulté. Rappelez-moi demain, voulez-vous ? »

Et voici l'accueil que fit Son Éminence à la requête du chanoine : « Faites savoir au premier ministre que je n'ai aucune objection à ce qu'il confie à M. Harvey toutes les fonctions qu'il voudra… sauf la bibliothèque. »

De là ce compromis : à la bibliothèque, M. Taschereau nomma le colonel Marquis, statisticien depuis vingt ans, et, à Harvey, écrivain et journaliste depuis toujours, il confia la statistique. Le premier ne connaissait rien aux livres et le second ignorait tout de la statistique.

Casé à quarante-trois ans, chef de bureau à médiocre salaire, condamné au rôle de sourd, muet et aveugle, jusqu'à l'âge d'une maigre pension de retraite ! Tel était mon sort. Par ce bel enterrement, les dieux du jour protégeaient la pureté de l'Israël français d'Amérique. Et sans reproche de conscience, puisqu'ils se montraient cléments au point de m'assurer le pain quotidien.

Ce petit drame eut un dénouement inattendu. La tourmente électorale de 1936 balaya le Parti libéral. En février 1937, le nouveau régime me limogea sans avis. J'appris mon congédiement par radio, un soir, en famille. Le premier ministre Duplessis m'accorda, par la suite, un entretien pour me dire que j'avais trop d'ennemis à Québec pour y rester et que je ferais mieux de retourner à Montréal où il me doterait bientôt d'un emploi. D'autres projets me sollicitaient.

La métropole, que j'avais quittée dix-neuf ans plus tôt, allait donc me reprendre. Sans salaire, sans épargne, sans perspective d'avenir, chassé du vieux Québec par un cardinal et un chef d'État, je remisai mes meubles, rassemblai mes hardes et, avec mes six enfants, m'acheminai vers Montréal.

Mon cauchemar ne devait pas durer. Quelques hommes vraiment importants m'aidèrent à fonder un journal de combat, *Le Jour*, qui, neuf années durant, me permit de bien survivre et surtout de contribuer quelque peu à une libération plus précieuse que l'indépendance nationale elle-même, la libération de l'esprit.

Maintenant que je franchis l'ultime étape de ma fiévreuse carrière, il m'arrive de me demander si les incidents que je viens de relater n'ont pas donné à réfléchir en haut lieu. Ainsi s'expliquerait le fait que, depuis avril 1934, la foudre n'a frappé aucun de nos écrivains les plus hardis. Aurais-je été leur paratonnerre ? Peut-être. Si tel est le cas, il leur faut ou bien m'en savoir gré ou bien m'en tenir rancune.

JEAN-CHARLES HARVEY
(1966)

I

Je me nomme Max Hubert. Mon sang est un mélange de normand, de highlander, de marseillais et de sauvage. En ce composé hybride se heurtent le tempérament explosif du midi, la passion lente et forte du nord, la profonde sentimentalité de l'Écosse et l'instinct aventurier du coureur des bois. Nature faite de légèreté et de réflexion, de cynisme et de naïveté, de logique et de contradiction. Aucun sens pratique, un fier dédain pour l'argent et les hommes d'argent. En dehors de la pensée, de la beauté et de l'amour, c'est-à-dire en dehors de la vie, rien n'a d'importance à mes yeux. Je ne comprends pas qu'on puisse longtemps fuir la joie pour un profit, étant de ces hommes qui croient encore qu'un lever de soleil et une émotion tendre ne s'achètent point et narguent les arides calculateurs.

Dans mon enfance pauvre et mystique, j'habitais, avec ma mère, un pays de montagnes et d'eau, où le monde était bon et gai. Les paysans de ma connaissance, propageant l'odeur du cheval et de la vache, avaient, en me rencontrant, le sourire candide des honnêtes gens. Je les aimais bien. Les villageois, moins sympathiques mais plus verbeux, m'amusaient par leurs histoires et leurs cancans.

En été, je parcourais les grèves du fleuve ou escaladais les bords escarpés des rivières en compagnie de petits camarades qui allaient pieds nus, déguenillés, et qui possédaient l'élémentaire intelligence des bêtes. Pour la pêche, la chasse, le pillage des vergers, ils n'avaient pas leurs pareils et possédaient un flair de chiens.

Plus rudes étaient les hivers. Pour se rendre à l'église ou à l'école, on avait souvent de la neige jusqu'à la ceinture. En notre maison rustique, où l'air entrait par les fentes, une glace, qu'il fallait, le matin, rompre avec le poing, couvrait l'eau à boire, dans des seaux de bois. Terre énergique et virile, où la volonté de vivre se fortifiait par le besoin de lutter et de vaincre.

Sur ces hivers flottait une atmosphère de divin. Entre le ciel dur, froid, d'une luminosité de cristal, et le sol tout blanc, strié de la ligne mystérieuse et noire des sapins, éternels arbres du nord, les paysans ne voyaient que leur Dieu. Parce que tout semblait mort, que pas une fleur ne s'épanouissait durant sept mois, que pas un brin d'herbe n'égayait le flanc des monts, on cherchait la vie dans l'invisible.

Je me souviens de certaine nuit de Noël où l'air était si net, le sol si blanc, la voix des cloches si forte et claire, qu'on avait l'impression d'une terre légère, fluide, composée uniquement de toutes les pensées du monde. À travers les espaces, les étoiles bleues semblaient vibrer avec la flèche de l'église, comme sous la baguette d'un chef d'orchestre ; car chaque note des cloches retombait du ciel ainsi que le son d'un astre de métal. Des nuits comme celle-là entraînaient mon âme d'enfant au seuil de l'infini.

Un dimanche, au sortir de l'église, une vieille femme, très douce et très bonne, comme le sont toutes les vieilles de ce pays, dit à ma mère qui m'accompagnait: « Max entend si bien la messe qu'il deviendra prêtre. » Ma mère sourit. C'était son désir secret que je fusse curé et soutien de ses vieux jours. Veuve depuis plusieurs années, pauvre, courageuse, elle travaillait ferme pour moi et consacrait à mon éducation toutes ses maigres ressources. Marchant à ses côtés, je me répétais sans cesse: « Je serai prêtre! je serai prêtre! » Des années durant, cette pensée me poursuivit au point de m'halluciner.

Je me croyais forcé par la fatalité d'entrer dans le sacerdoce. Je n'avais que dix ans, et il m'arrivait de regarder avec une complaisance pleine de remords les belles filles des paysans, dont les jambes, arrondies et durcies par la marche dans les montagnes, troublaient déjà mon imagination. Dans ces moments-là, mon cœur se serrait. Je me révoltais contre le sort qui me vouerait au célibat et m'interdirait à jamais de reposer ma tête sur une épaule féminine.

Je cachais scrupuleusement à ma mère ces coupables pensées. Un garçon ne confie jamais de tels secrets à sa maman. Pour me délivrer de l'obsession, je me plongeais davantage dans une piété maladive, m'efforçant d'éprouver pour le Surnaturel l'amour que m'inspiraient les créatures et contre lequel je luttais avec le pressentiment d'être vaincu tôt ou tard. Je sentais la nature, plus forte que ma volonté, m'emporter loin du baiser divin.

Plus je grandissais, plus s'avivait mon attachement aux choses sensibles. J'aimais tous les êtres, vivants ou inanimés, avec cette sensibilité d'enfant qui marque une âme d'innombrables cicatrices. C'est ainsi que je garde le souvenir de certains matins d'automne mieux que celui de la possession d'une première maîtresse. Qu'ils étaient beaux, ces matins-là ! Un soleil comme on n'en voit plus, il me semble, jaillissait, frais, ruisselant, de son bain d'ombre et de sommeil, et versait sur le Saint-Laurent des flots d'argent, d'or et de pierreries. Nos montagnes, dépouillées de leur vêtement de couleur par la nuit, se rhabillaient en frissonnant. Je marchais à la lisière de la forêt. Des bouleaux, frappés par le rayon naissant, exhibaient l'éclat de leur peau blonde et rose sous une chevelure d'un jaune clair. Tout près, une perdrix s'envolait. Un lièvre, encore chaud, pendait au bout d'une branche, le cou serré dans un fil de cuivre, et sa couleur de terre brune se mariait aux tons orangés des feuilles mortes. Partout une odeur de végétaux en décomposition, odeur troublante, que je comparai, plus tard, à celle d'une grande chambre bleue où l'amour venait de passer. Comme c'était bon, tout ça, oui, tout ça qui fut moi à l'âge où j'éprouvais le charme de vivre sans y penser et sans comprendre !

Mon aïeul paternel, vieux paysan à barbe blanche, habitait une maison sise sur les hauteurs et dominant le fleuve. Je lui avais donné, dans mon cœur, la place laissée vide par la mort de mon père. Que de beaux jours je passais chez lui ! Pendant qu'il me racontait des histoires, les oncles et les tantes fredonnaient des airs du pays, et je me sentais tout imprégné d'amour et de paix.

Les soirs les plus mémorables de cette époque sont ceux où, en compagnie de grand-père, je participais, pieds nus, à la pêche à la sardine, sous les falaises du Cap-Blanc. Le soleil se couchait. L'eau était pleine de moires, des moires de toutes nuances, luisant sur une soie immense et liquide. Elle habillait tout le fleuve, cette soie moirée, et on avait l'impression, en regardant les ondulations longues, douces, crevées çà et là par les marsouins, de voir le lent battement d'une poitrine respirant à l'infini. Des pêcheurs que je connaissais tous par leurs noms, marins hirsutes aux larges épaules, trapus, sacreurs, avaient tendu en demi-cercle, vers le large, une longue senne aux mailles de corde, dont les légers flottants de liège valsaient au gré des vagues. On ramenait ensuite le filet à force de bras vers la rive. Le demi-cercle se rétrécissait jusqu'à ce que les mailles, tendues à se rompre, fussent tirées sur le sable en un brusque ahan. Que de petits poissons ! De l'argent et du phosphore en ébullition, un bruit de pluie violente, une agonie frémissante en un bain de brillants et de perles exhalant une âcre senteur de varech.

Quand finissait la pêche, à la tombée de la nuit, grand-père me disait doucement :

— Rentre chez toi avant la noirceur. Ta mère va s'inquiéter. Et il m'embrassait sur la joue en chatouillant mon cou de sa barbe blanche.

Chemin faisant, je flânais le long de la grève, m'attardant parfois auprès d'un vieux marin qui me disait des choses au-dessus de mon âge. Ridé, décrépit, joyeux, face à l'eau qu'il adorait, il fumait interminablement une pipe calcinée, en nous racontant ses voyages. On l'appelait le père Maxime. Il nous disait souvent comment il avait perdu, trente ans auparavant, deux de ses fils. Sa goélette, par un soir d'orage, s'était crevée sur un récif de la Côte-Nord. Un fort vent de

« nordets », chargé de neige, donnait aux vagues l'aspect d'un immense troupeau de buffles fuyant éperdument sous les flèches des chasseurs. Les trois naufragés, nageant à l'aveugle, avaient été jetés violemment sur une petite île où il n'y avait pas une maison, pas un arbre, rien que de la pierre glacée. Deux jours et deux nuits, sans aucun moyen de faire du feu, ils avaient grelotté à ciel ouvert. Le troisième jour, les jeunes gens étaient morts de froid. Le père, affamé, hagard, claquant des dents, résistait encore. Enfin, un navire, passant près de là par hasard, l'avait recueilli avant l'agonie. Au souvenir de ce drame, le père Maxime pleurait encore.

Il ajoutait :

— Des morts, des noyés, il y en a toujours plein la mer. À mon dernier voyage, il n'y a pas si longtemps, en quittant les Sept-Îles, je vois sortir de l'eau, accroché à la pointe de l'ancre que je lève, un cadavre. J'appelle les amis et, avec des gaffes, on fait monter le corps sur le pont. Je regarde. C'est Abel Warren, un contrebandier que j'ai rencontré huit jours plus tôt. Je le reconnaissais à sa moustache et à une bague qu'il portait au petit doigt. Ça m'a toujours frappé, cette mort-là. Abel avait le pied marin. Un vrai marin ne se noie pas si bêtement. J'ai toujours pensé qu'il y avait un Caïn là-dessous.

Maxime nous transportait aussi sur des mers de soleil et d'argent où jamais ne flottait un iceberg, des mers dont les côtes se couvraient de fleurs en janvier et dont les rivages, à marée basse, découvraient des conques couleur de corail et grosses comme des crânes d'homme. Il avait mouillé dans des ports où les roses s'ouvraient en plein hiver, tandis que des baigneuses, presque nues, se plongeaient dans les baies bleues.

Je lui demandais s'il aurait préféré vivre dans ces contrées.

— Pour ça, non ! disait-il. On ne se détache pas de la neige du pays. Tu ne sais pas comme elle te prend, la neige, quand on a poussé là-dedans. À force de voir du vert, des fleurs, des oiseaux d'été, on se sent comme quelqu'un qui a trop mangé et veut vomir. Quand j'étais petit, je sortais mon traîneau deux mois avant la neige, et je me disais tous les jours : « Pourvu qu'il sacre son camp, cet été-là ! » J'ai toujours gardé mon idée de petit garçon.

Le vieux me questionnait parfois sur mes goûts, mes projets d'avenir. Je lui confiai un jour que je ferais un prêtre.

— Tu veux rire, morveux ! dit-il. Ta famille est la seule du pays, à ma connaissance, qui n'a jamais fait de curé. Tu n'as pas le sang qu'il faut pour ça. Ton oncle Benjamin, que tu n'as pas connu, avait perdu la foi. Du côté de ton père, on aime les femmes, ça court dans tout le canton. Tu tiens des deux. Je vois ça à tes yeux. Et ta tête ? L'as-tu regardée, ta tête ? Est-ce une caboche de curé que ta mère t'a donnée là ? Va, mon petit, grandis comme tout le monde, pousse de ton mieux, deviens un beau gars, puis marie-toi. Tu auras de beaux enfants qui te ressembleront. Seulement, ne joue pas avec eux au marin : tu les perdrais sur une île du diable.

Ces paroles me troublaient. Il blasphème sûrement, pensais-je. À quelque temps de là, je révélai à ma mère mes entretiens fréquents avec Maxime. Elle prit une mine effrayée.

— Tu ferais mieux de ne pas le fréquenter, dit-elle. Il ne va pas à la messe.

Depuis, je fis de longs détours pour éviter le vieux marin. J'en avais le cœur gros. Il m'avait paru si bon, si doux, si raisonnable, le père Maxime ! Il m'attirait comme un aimant, et une voix me disait sans cesse : « Tu aimes un damné ! tu aimes un damné ! » Le dimanche, comme j'égrenais mon chapelet, je voyais la face ridée du vieux s'interposer entre la mienne et celle de la Vierge.

Certains soirs, quand je m'endormais, mille fantômes peuplaient mon imagination et prenaient les apparences de la réalité. De grandes processions, bannières en tête, en longues files de chantres et d'enfants de chœur, défilaient au rythme des psaumes, précédant un immense ostensoir d'or tenu par un prêtre tout jeune. Ce prêtre finissait par s'identifier avec moi-même, et je sentais si lourd le fardeau que je portais que je craignais de le lâcher dans la poussière du chemin. À mesure qu'on avançait, la tentation devenait plus forte, plus impérieuse. Alors paraissait près de moi le sourire du père Maxime : « Mais jette-le donc par terre, imbécile ! » Mes mains s'ouvraient, l'ostensoir tombait, et, tout à coup, les enfants de chœur en surplis blancs se changeaient en démons à surplis rouges. Les chantres se mettaient à danser une ronde infernale, à hurler des imprécations sacrilèges. Un diable, plus grand que tous les autres, s'emparait de l'ostensoir et le jetait au loin avec un éclat de rire. Je m'éveillais, poussant un cri de terreur. Ma mère, tirée de son sommeil, me demandait si j'étais souffrant. Elle ne sut jamais la cause de cette frayeur nocturne.

Ces faits sont sans importance dans la vie d'un homme. Dans la vie d'un enfant, c'est autre chose. L'être vierge agrandit démesurément toutes les idées, toutes les émotions, toutes les sensations. L'objet insignifiant ou négligeable aux yeux de l'adulte paraît énorme ou essentiel au garçon de douze ans. La preuve ? C'est que moi, qui remémore ces faits après tant d'années, j'en vibre encore. Je sais bien que j'ai pris à la petite église de chez nous tout ce que je porte en moi de tendre, de rêveur, de résigné, de doux, et, je l'avoue, de profondément passionné. Je sais également que je tiens un peu de Maxime ce que j'ai de raisonné, de réfléchi, d'ironique et de mécontent. Il a aiguisé, à mon insu, mon sens de l'observation et de la critique, en mettant en moi l'esprit qui transforme et réagit, l'esprit de contradiction. Je l'en bénis ! Mais comme il faut peu de chose pour orienter la vie d'un homme !

II

En cette existence simple et pacifique, le moindre scandale faisait le bruit d'une bombe dans le silence de la nuit. Je me souviens d'une femme très blonde et très belle du nom de Marthe qui, se trouvant en villégiature dans un petit hôtel de la plage, créa un émoi dont les gens du pays parlent encore. Les jours où la marée adonnait, je la rencontrais sur la grève généralement seule. Elle s'avançait d'abord à quelques pieds de l'eau, les épaules couvertes d'une robe de chambre à ramages dont j'aimais les couleurs vives. Là, elle laissait tomber sa robe et m'apparaissait grande, svelte, bien cambrée dans un maillot qui moulait les impressionnantes lignes de son corps. Moi, qui n'avais jamais vu que des paysannes vêtues de lourdes étoffes, ce spectacle me fascinait, et j'en restais la bouche grande ouverte. Après son bain, quand il faisait soleil, Marthe s'étendait sur le sable chaud, pour se faire sécher, et elle m'appelait à elle. Tout d'abord, je ne pouvais répondre à ses questions, tant ses grands yeux bleus m'intimidaient. Elle m'apprivoisa bien vite en me donnant des sous et des bonbons. Je devins le compagnon de ses courses dans le village et son messager de prédilection. Elle me confiait tout son courrier, et je ne tardai pas à remarquer qu'elle adressait une lettre quotidienne à un homme de la ville, toujours le même.

À la fin de chaque semaine, un monsieur qu'elle appelait son frère venait la visiter, à l'hôtel où elle logeait. C'était un homme bien mis, un peu maigre, l'air défiant. Je ne l'aimais pas. Mais ma grande amie semblait éprouver tant de joie à le voir que je me montrais toujours empressé pour lui. Ils faisaient tous deux de lentes promenades, le long de la rive. Bras dessus, bras dessous, ils se disaient mille choses que je ne comprenais pas, et ils riaient aux éclats. La chevelure blonde de Marthe flottait sur l'épaule de ce frère mystérieux, et j'en éprouvais une jalousie d'enfant.

Je m'aperçus qu'on trouvait toujours un prétexte pour m'éloigner, quand on arrivait aux environs du Cap Blanc. Tantôt, on me donnait dix sous en me disant d'aller m'acheter des bonbons; tantôt, on m'envoyait chercher des cigarettes à un magasin situé à un mille du lieu. Je n'avais pas fait deux arpents que le couple avait disparu dans un sentier étroit qui serpentait dans la falaise.

Monsieur Giles, c'est ainsi qu'il s'appelait, en était à son cinquième voyage et faisait sa promenade coutumière, vers neuf heures du soir, quand arrivèrent de la ville, à l'hôtel où séjournait Marthe, un jeune homme et une femme qui demandèrent des renseignements précis sur les pensionnaires de l'endroit. On leur donna innocemment les détails requis.

— Où sont-ils actuellement? questionna l'inconnue.

Comme j'assistais à cette conversation, je crus rendre service:

— Je sais où ils sont. Vous n'avez qu'à me suivre.

Chemin faisant, je remarquai, à des signes évidents, que la nouvelle venue était nerveuse. Je crus même qu'elle proférait des menaces.

— Les lâches! les hypocrites! disait-elle.

Trouvant la route trop longue à son gré, elle répétait sans cesse:

— Nous n'arriverons donc jamais. Plus vite, allons plus vite!

Près du sentier où j'avais vu s'engager le couple:

— C'est ici, dis-je.

— Fort bien, petit. Ne bouge plus. Nous irons tout seuls. Nous voulons leur faire une surprise. Pas un mot, pas un bruit! Entendu?

Le sentier grimpait à pic un raidillon semé de gros quartiers de roc. Pour y marcher, il fallait s'agripper aux branches, de peur de dégringoler jusqu'en bas et de se blesser.

Les étrangers avaient disparu depuis quelques minutes, quand j'entendis un cri de femme, puis un autre, et une série de glapissements et de gémissements.

Je pensai tout de suite qu'on se battait là-haut. Mon cœur se glaça. J'appréhendais un danger pour ma belle amie. Ses hurlements de douleur me fendaient l'âme.

Puis, à mon grand effroi, j'entendis le roulement d'un corps parmi les cailloux du sentier.

Une femme vint s'abattre à quelques pas de moi.

C'était Marthe.

— Vous ! m'écriai-je. Vous, mademoiselle Marthe !

Je m'élançai vers elle. Sa bouche saignait. Ses joues étaient déchirées.

Elle ne répondit rien. Étendue sur le sable, sans mouvement, elle sanglotait en lançant de faibles cris. On eût dit une petite fille.

— Qui sont ces gens ? Que vous a-t-on fait ?

Elle continuait de sangloter.

Puis je vis descendre les deux inconnus. La femme, en passant, murmura entre ses dents :

— Chienne !

Elle s'éloigna avec son compagnon sans rien ajouter, sans même détourner la tête.

Monsieur Giles à son tour descendit.

— Marthe, es-tu blessée ? demanda-t-il.

— Va-t'en ! va-t'en ! tu me fais horreur ! dit sourdement mon amie.

— Est-ce ma faute à moi, si cette furie est venue me relancer jusqu'ici ? Et toi, gamin, pourquoi les as-tu guidés ?

— Ce n'est pas la faute de Max, dit Marthe. Savait-il ton histoire, lui ? Pouvait-il se douter ? Mais toi, témoin de cette scène, pourquoi ne m'as-tu pas défendue ?

— Le frère de ma femme était là. Il voulait me tuer.

— Un homme d'honneur, dans ces occasions-là, ne craint pas de se faire tuer. Le moins qu'une femme puisse demander à un homme, c'est d'être un homme.

Marthe faisait passer ces mots sans colère, à travers le sang qui, de sa bouche, dégouttait sur sa robe.

— Je ne m'en irai pas avec toi, dit-elle encore. Max me reconduira. Jamais plus nous ne nous reverrons, entends-tu ?

— Fort bien. Je retourne à Québec dès ce soir.

Et il s'éloigna en haussant les épaules.

— Je ne croyais pas qu'il fût un lâche, murmura Marthe.

Je m'en allai avec elle, muet, terrifié. Je ne comprenais rien à ce qui venait de se passer.

Avant d'arriver à l'hôtel, mon amie me demanda tout bas :

— Mon petit Max, promets-moi que tu ne raconteras cette histoire à personne. Je pars demain. Je ne reviendrai peut-être plus jamais.

J'avais le cœur gros. Pour la première fois, je venais en contact avec une des grandes misères de l'homme. Je ne savais pas que les êtres les plus beaux, les plus doux, les plus vibrants sont justement ceux-là que la vie entraîne en des voies pleines de détresse et de douleurs.

Quand ma beauté blonde fut disparue, on chuchota contre elle des choses méchantes. Mon imagination travailla longtemps autour des mots entendus, et j'en vins à comprendre vaguement qu'il est des hommes et des femmes faits pour s'aimer et qui ne peuvent le révéler sans être atteints dans leur réputation et brisés dans leur âme.

III

À quelque temps de là, ma mère me questionna sur cette soirée où, de la plage, j'avais assisté à la scène de jalousie.

— Tu te souviens, me dit-elle, de ce soir où les gens de la grève ont entendu des cris ? Peu après, Mlle Marthe est rentrée à l'hôtel le visage en sang et la robe en lambeaux. On m'a assuré que tu étais avec elle. Que s'est-il passé ?

— Rien.

— Il s'est passé quelque chose. Ce qui m'inquiète, c'est que tu aies des secrets pour ta mère.

— J'ai promis de ne rien dire.

— Tu as promis ? Fort bien, tiens ta promesse. Mais, mon petit Max, je te prie de choisir tes amis, à l'avenir. Il faut toujours se défier de ces étrangers qu'on ne connaît pas. Je ne veux pas que tu fréquentes les malhonnêtes gens. Je t'aime tant !

— Mlle Marthe était bien gentille.

— Je sais, mais elle n'était pas honnête.

— Qu'a-t-elle fait ?

— Elle a volé le mari de sa meilleure amie.

— Volé ? Est-ce qu'on peut voler un homme ?

— Je t'expliquerai plus tard. Pour le moment, je te prie de réfléchir que des choses pareilles n'arrivent pas dans nos familles. Tu partiras bientôt pour le collège. On t'y montrera le sentier de l'ordre, du devoir, des bonnes actions. Sache, pour l'heure, qu'il n'est permis à personne de troubler le bonheur du voisin en y introduisant une affection capable de désunir sa famille. Quand on est marié, on n'a pas le droit de donner son cœur ou de se laisser aimer en dehors du foyer. Comprends-tu ?

Cette leçon dépassait mon entendement, mais je faisais semblant de saisir et approuvais d'un signe de tête.

— Ton père, continua-t-elle, aurait-il quitté la maison des jours entiers pour aller, à trente lieues, se promener avec une femme autre que ta mère ? Et le père Savard, notre voisin, l'imagines-tu roulant carrosse, en cachette, avec une donzelle ?

Non, je n'imaginais pas pareille chose. Rien qu'à y songer, je souriais. Les Savard ! L'homme, âgé d'environ quarante-cinq ans, travaillait du lever au coucher du soleil pour nourrir une famille de quinze enfants. Au petit jour, il rôdait déjà autour des bâtiments, soignant chevaux, vaches, moutons, poulets, cochons. Au temps des labours et des semailles, son activité devenait incroyable. Aidé de ses deux fils aînés, il déchirait le sein de la terre, semait le mil ou le grain, visitait les pâturages, faisait le potager, réparait les clôtures et morigénait tout le monde. Sa grande maison à toit pointu ne respirait que propreté, vertu et tranquillité. La mère encore jeune, malgré ses maternités annuelles, souriait et chantait tout le jour. On disait qu'elle avait été, dans son temps, la plus belle fille du canton. Il fallait bien le croire, quand on regardait son aînée, charmante enfant dont les joues rouges, les yeux clairs et vifs, les membres bien faits et la ferme démarche émoustillaient déjà les gars du village. Non, le père Savard n'avait pu se balader avec des donzelles. Cela ne se concevait pas. Il n'avait ni le temps ni le désir, et, l'eût-il voulu, pensais-je, qu'une femme comme Marthe n'aurait pas trouvé là « son genre ».

Inconsciemment, la comparaison se faisait en moi, entre l'élégance et le raffinement des citadins, et la simple rusticité des gens de chez nous. J'estimais ceux-ci, je m'étonnais des autres. Je sentais vaguement qu'il y avait, chez nos campagnards, plus de solidité, de bonté, de jugement et d'intégrité ; mais les cheveux bouclés, les lèvres peintes, les cils taillés, les doigts fins et les ongles polis de Marthe m'avaient séduit. Déjà, le sens de l'art se faisait jour en moi aux dépens du cœur et de la conscience.

IV

Un soir de ce mois d'août qui précéda mon entrée au pensionnat, je descendais, en pêchant, une petite rivière faite de rapides, de cascades et de remous. Les truites fleuries, rutilantes et vives, venaient happer la mouche que je faisais zigzaguer à rebours du courant. Je donnais un léger coup de poignet et sentais tout de suite la résistance de la proie nerveuse, bien décidée à défendre sa vie. Ma joie consistait à laisser ma victime se débattre longtemps au bout du fil, avancer jusqu'à mes pieds, puis repartir en un grand élan, pour rompre l'attache, aller à droite, à gauche, en tous sens, tourner en vrille, comme on ferait pour casser une branche, et je ne me lassais pas de ce jeu cruel, de ce prolongement d'une agonie. Je ne sais quel sage a dit que l'homme, en inventant la pêche, avait mis le comble à la férocité.

Je jouissais pleinement de cette heure, pressentant que je n'en vivrais jamais de pareille, dans mon adolescence vouée à la réclusion des études en serre-chaude. La liberté des bois et des eaux, l'espace illimité, le jeu naturel de tous les muscles aux prises avec la forte et captivante nature, le silence même, si fécond en rêves, la vie multiple et forte que l'on respire à pleins poumons avec l'air chargé de senteurs d'aulnes ou de foins sauvages, tout cela m'abandonnerait bientôt, et je n'aurais plus pour guide, comme aujourd'hui, la douce fantaisie du petit sauvage que j'étais, mais l'autorité du maître étreignant un cerveau de treize ans.

Je sautais d'une roche à l'autre. Le bouillonnement des eaux, monotone et assourdissant, remplissait mon oreille de sa longue complainte. À voir le courant indéfiniment, je ressentais je ne sais quelle torpeur et il me semblait que l'eau m'attirait, que je me liquéfiais et me mêlais à l'écume inconsistante de la rivière. Je ne m'éveillais qu'au cri aigu d'un martin-pêcheur rasant le courant de son aile.

À un brusque détour du cours d'eau, je me trouvai face à face avec le père Maxime qui pêchait lui aussi.

— Bonjour, mon petit ! Est-ce que ça mord ?

— Vous voyez, lui dis-je. Et je lui montrai ma broche bien garnie.

— Bravo ! Tu es un homme. J'ai toujours pensé que les bons pêcheurs sont des hommes.

Il se mit à rire de son bon rire.

— Drôles d'animaux que les poissons. J'ai rencontré des types qui refusaient de pêcher parce qu'ils trouvaient que c'est lâche de tendre des pièges à des êtres sans défense. Ces gens-là ne comprennent rien à la vie. Le poisson n'a pas pitié des mouches, des papillons et des « ménés ». Ce sont toujours les gros qui mangent les petits, dans l'eau, sur l'eau et sur la terre. Tu apprendras ça en vieillissant. L'important est de n'être pas un petit. Pour la mouche, c'est un malheur que d'être mouche : elle voudrait être poisson. Le poisson, lui, voudrait être un homme, et l'homme faible voudrait être le plus fort. Si tu n'es pas gros, tu seras toujours mangé. Tu n'y échapperas jamais.

Nous longions la rivière. Le soleil couchant lançait des rayons obliques sur les remous, et nos yeux en étaient éblouis. Le vieux continuait à philosopher.

— On m'a dit que tu entrais au séminaire dans quinze jours ? Ça me fait plaisir. Tu vas apprendre un tas de choses que j'ignore. Un homme instruit ! C'est ce que tu seras. J'avais rêvé, quand j'étais petit, d'être instruit. Je me suis consolé de ne pas l'être à force de voir tant de savants qui avaient perdu leur bon sens en route. Vois-tu, mon petit, le bon sens, c'est ce qui manque le plus à bien des gens qui ont appris la vie dans les livres d'écoles. Quand on le lâche, on devient bon à rien. Moi, quand je vois blanc, je dis que c'est blanc, et on me mettrait en pièces que je dirais encore que c'est blanc. Des « professionnels » qui voyaient noir et qui disaient que c'était blanc, j'en ai vu des masses. Ils croyaient tout ce qu'on leur avait dit, tout ce qu'ils avaient lu. Ils ne croyaient pas ce qu'ils voyaient, ni ce qu'ils pensaient. Ils avaient foi en tout, excepté en eux-mêmes.

Nous suivions la rive. Parfois, les branches nous barraient la route, et nous marchions dans l'eau. Je ne parlais pas, à cause de ce que m'avait dit ma mère sur le compte du père Maxime, mais ses paroles me fascinaient. Ce vieux, qui a couru mer et monde, pensais-je, doit savoir tant de choses que les autres ne connaîtront jamais. Et cette pensée me rapprochait de ce réprouvé, avec le sentiment qu'un malheur allait fondre sur nous.

— Pourquoi es-tu muet, aujourd'hui, le petit ?

— Je ne sais pas.

— Tu ne sais pas ? Tu étais plus bavard, l'an dernier, je m'en souviens. Depuis, tu ne t'es plus jamais arrêté devant ma porte. Quand l'enfant grandit, il n'aime plus les vieux.

— Ce n'est pas pour ça, père Maxime.

— C'est pour autre chose ? Dis-moi…

— Ma mère me l'a défendu.

— Je m'en doutais. Ta mère a bien fait. Vois-tu, j'ai mes idées. Elle a les siennes. Vaut mieux que tu prennes les siennes. Moi, je n'ai pas vécu comme les autres. J'ai pensé autrement aussi. Dans ma parenté, dans mes amitiés, on n'a jamais pu s'entendre, parce qu'on n'avait pas la même manière de voir. Je ne les en aimais pas moins, parce que je crois que l'important, dans la vie, c'est d'être honnête et sincère. Il ne faut mentir à personne, pas même à soi-même. Je ne me suis jamais menti, ça je te le jure. Je n'ai jamais fait de mal à personne. Quand j'ai eu un sou de reste, je l'ai donné à ceux qui en avaient plus besoin que moi. J'ai travaillé toute ma vie. La peine ne m'a pas épargné. Mes enfants sont morts sous mes yeux. J'ai dit : « Endure, Maxime ! » J'ai été capitaine de longs cours. Un jour qu'on avait fait naufrage, avec des passagers, je suis resté à mon poste jusqu'au bout, puis, quand la dernière chaloupe eut quitté le bateau, je me suis laissé couler. On est venu me repêcher. J'avais tout de même sacrifié ma vie. Je pense que c'est une bonne action. J'en ai bien d'autres, va. Me voici vieux. On me trouvera mort un de ces matins. Deux ou trois fois la semaine, il me prend des étourdissements. L'autre jour, je suis tombé sur le plancher. Je crois que j'y suis resté une heure. Personne n'était là pour me secourir. J'ai failli crever comme un chien.

Le vieux se tut et s'arrêta. Je vis qu'il pâlissait. Je lui demandai ce qu'il avait.

— Ce ne sera rien, dit-il. Encore un étourdissement. Ça va passer.

Nous étions au milieu de la rivière, au-dessus d'un petit rapide.

— Si seulement, balbutia-t-il, je pouvais me rendre au bord.

Comme il disait ces mots, il chancela et s'abattit de tout son long dans le rapide, la face dans l'eau. Je me portai à son secours. J'enfonçais jusqu'à la ceinture. Hélas ! il était lourd pour un petit bonhomme de treize ans. Je parvins à soulever sa tête hors du rapide.

Il paraissait ne plus vivre. Mais son cœur battait encore. Je criai de toutes mes forces. Aucun écho. On ne viendrait donc pas. Mes faibles bras n'en pouvaient plus. Dieu que c'est pesant une tête d'homme. Puis, je sentis que mes forces m'abandonnaient, et je ne vis plus rien, perdant conscience de tout. Je me retrouvai au bord de la rivière, ouvrant des yeux épouvantés sur le cadavre de Maxime qui chevrotait, pauvre chose, dans le courant.

Trois jours après, on allait porter en terre le vieux marin, couché dans un cercueil en bois d'épinette. Pour tout cortège, il avait deux de ses frères, paysans humiliés qui allaient inhumer leur aîné dans un champ. On avait refusé la terre sainte à Maxime. Je suivais de loin, cherchant à n'être pas vu, celui qui m'avait livré sa dernière pensée et son dernier soupir.

V

Vers le milieu de mes études, ma mère émigrait à Québec, où la pauvreté la conduisait. J'avais dix-sept ans. Nous habitions un logis sordide, dans un quartier grouillant d'enfants et de vermine. Des rats, furtifs et sinistres, passaient devant la porte de service après s'être vautrés dans les poubelles.

La vie fiévreuse, le bruit, la foule, la cohue, les visages crispés et inquiets, tout ce spectacle de rue que j'observais d'une fenêtre, me parut d'abord comme une vision de cauchemar. J'étais émerveillé et ahuri à la fois. Depuis quatre ans ma vie s'était écoulée partie au collège, partie dans mon village. Je ne connaissais que des enfants, des prêtres, des paysans, dont les physionomies, les noms, les habitudes, les gestes, le parler, même le son de la voix, m'étaient familiers. On me transplantait subitement dans une population affairée, qui sentait l'abattoir. À la tombée du jour, quand la foule sortait, dense et rapide, des magasins, des usines et des chantiers, les humains m'apparaissaient comme des troupeaux sombres et je croyais assister à l'évacuation d'immenses fermes d'élevage.

Parmi ces laideurs de la masse puante, cloaque bouillonnant de plaisirs, de vices, de sourdes résignations, de désespoirs et de souffrances, je rencontrai un jour mon premier amour, et il me sembla que c'était une fleur de marais jaillie miraculeusement des eaux bourbeuses vers la pureté de la lumière : une blonde de quinze ans aux longs cheveux bouclés encadrant de reflets cuivrés un regard bleu ; une taille comme celle des grands félins sauvages ; de petits seins fermes sur une poitrine d'enfant faite femme. Un gamin avec qui j'avais noué connaissance, la veille, me l'avait présentée : c'était sa sœur. Elle s'appelait Maria. Elle m'avait tendu la main, et, lui offrant maladroitement la mienne, j'avais reçu comme un choc au cœur en touchant ses doigts effilés, doigts fins et doux, si différents de ceux de mes paysannes habituées à remuer la terre des potagers. Avec la plus grande aisance du monde, elle me demanda mon nom, mon âge, mon occupation. Je lui répondis stupidement par un oui, par un non, et je me sentis ridicule et malheureux.

Des semaines durant, je me plantai quotidiennement sur le trottoir pour la voir passer. Je la saluais. Elle me souriait. Je ne lui parlais jamais. Mais ma pensée la suivait nuit et jour. Je me disais à tout instant que le bonheur était en elle, rien qu'en elle, et que ma vie n'aurait pas eu de sens si cette femme n'avait pas existé. Je ne désirais rien de son corps, car je m'en faisais une idole.

— Si seulement, me disais-je, je pouvais baiser le bord de sa robe.

Un soir que je l'attendais et que le pied d'un réverbère me cachait à sa vue, elle vint à passer en compagnie d'une adolescente à qui elle disait :

— Tiens, le petit Max n'est pas là ? Est-il assez ridicule avec son air habitant et son pantalon fripé !

À ce moment, elle m'aperçut et poussa un petit cri :

— Ah...

J'étais rouge de honte. Elle s'éloigna, étouffant un rire, et je m'enfuis comme un chien blessé.

Ce fut le premier grand chagrin de ma vie. Je pouvais tout souffrir, mais non pas le ricanement de Maria, pour qui j'aurais voulu revêtir toutes les élégances. Je n'en dormis pas de la nuit. Les mille rancœurs de ma brève vie me remontaient ensemble dans la gorge. Au collège, j'avais été le pauvre des pauvres, habillé d'étoffes communes et rapiécées, reprisant moi-même mes bas grossiers, portant un casque trop petit sur une tête énorme, souffrant du dédain silencieux des enfants riches, subissant les différences sociales tolérées par quelques maîtres serviles. Mes succès, mes progrès académiques mêmes ne m'épargnaient pas les lazzis de ces snobs.

Le mépris et l'orgueil de l'esprit m'avaient cuirassé contre les affronts, muets ou exprimés, de certains camarades. Mon extrême facilité à tout comprendre et à tout exprimer m'avait donné de moi-même une opinion assez haute, et je pouvais me moquer des railleries de la médiocrité. Le jour viendra, me disais-je, où j'aurai ma revanche.

Pour Maria, c'était différent. Privé de la ressource suprême du mépris, je m'enfonçais dans le désespoir. Je me demandais sans cesse : « Comment se fait-il que cette enfant ne m'aime pas ? » Une voix me répondait, du fond de mon être : « Tu es timide, gauche et mal vêtu. Une belle fille n'aime pas les hommes timides, gauches et mal vêtus. » J'eus honte. Je me sentis nu, comme Adam après son péché. À ce moment-là, Maria serait venue vers moi en me tendant les bras et les lèvres que je serais rentré sous terre, tant je me voyais indigne et misérable devant elle, qui me semblait inaccessible.

Après l'apaisement de la nuit, la tentation me vint de la revoir. Ses parents tenant un modeste débit de tabacs, de bonbons et de liqueurs, j'entrai chez eux sous prétexte d'acheter des cigarettes. Il faut croire qu'on ne m'entendit pas, puisque le magasin était vide et que personne ne vint me servir. Je regardais tout autour quand, par l'entrebâillement de la porte, j'aperçus une tête blonde qui s'appuyait sur un gilet masculin. Ma curiosité, plus forte que mon dépit, me cloua sur place. Je voulus en voir plus et essayai de reconnaître l'individu coupable d'un tel sacrilège. Je distinguai enfin ses traits : il était tout jeune, mais laid et ignoble. Alors, je sortis rapidement. Mon expérience de la vie commençait.

VI

Une crise de mysticisme suit parfois une déception sentimentale. Je n'y échappai pas. Bien qu'à peine adolescent, j'entrai dans un ordre religieux. Les années qui suivirent m'apparaissent comme un songe : un grand jardin plein de fleurs, de fruits, d'oiseaux et de calme, des moines, un livre à la main ou égrenant d'interminables chapelets, parmi les chants des cigales et les parfums des pommiers ; des religieux à cheveux blancs dirigeant des jeunes gens en proie à des tentations dignes d'illustrer la vie de saint Jérôme ; de vieux enfants à la fois graves et naïfs pour qui un rien est un événement extraordinaire et dont la candeur charme et séduit ; des nostalgies de novices se retournant, comme la femme de Loth, vers le monde abandonné, le foyer déserté, la jeune fille autrefois aimée et troublant les nuits sans sommeil, les flagellations qui chassent les démons des corps brûlés d'ardeurs charnelles, les bracelets aux pointes de fer sur des épidermes douloureux ; enfin, le retour de ma pensée à l'humanité, à la terre ferme, la belle et bonne terre où l'on ne vient qu'une fois et où l'on veut mordre au fruit de la vie avant de boire au calice de la mort.

Je sortis de ces diverses épreuves à ma majorité. Pauvre, naïf, désaxé, je rentrais dans le monde avec beaucoup d'illusion et de confiance en moi-même. J'étais nu, sans parents et sans fortune. Ma mère, morte depuis quelques années, n'avait laissé d'autre héritage que le souvenir de sa pauvreté et de son courage. La tranquillité du cloître, l'éloignement des distractions mondaines, l'habitude des méditations quotidiennes et l'étude approfondie des langues, des arts classiques, des philosophies, avaient, en revanche, muni mon esprit de mille connaissances qui me rassuraient sur mon avenir.

Fait miraculeux, cette longue réclusion n'avait pas entamé ma personnalité. J'étais resté moi-même, intégralement. La discipline claustrale n'avait tout au plus réglé que mes mouvements extérieurs. Malgré moi, malgré mes remords, malgré ma loyauté envers des chefs que j'estimais, ma raison, ma pensée et mes sens réagissaient. Dans cette lutte des influences contre mon caractère, celui-ci fut la pointe d'acier sur la pointe de plomb.

Je raconte ceci pour bien montrer que mon individualisme est le produit de ma nature et non de ma volonté, car j'ai plus de caractère que de volonté.

Ma carrière d'adulte débuta par des études de droit à l'université. Rien de remarquable dans cet épisode de ma vie, si ce n'est l'amitié qui me liait à un avocat de Québec, Jean Vernier, homme intelligent et judicieux, ami d'enfance de mon père. Quelques jours avant mes examens au Barreau, il me fit, de la carrière où j'allais entrer, le tableau d'un pessimiste.

— On va nous jeter encore cinquante nouveaux avocats dans les jambes. Rien que dans notre petite ville, cent et plus vivent de leurs dettes. Ne pouvant subsister de la fiente que leur abandonnent sur le marché légal trois ou quatre grandes études absorbant tout, ils doivent mendier la clientèle avec une âpreté dégradante. Je vois le jour où ces faméliques mangeront les pages de leur code pour remplir leurs boyaux vides.

— Pourtant, lui dis-je, je me sens le courage de me faire une place dans ce champ surpeuplé. J'y puis jouer des coudes avec une certaine vigueur. On m'a toujours dit que, dans la foule des faibles, le plus fort finit bien par percer.

— Je le sais, mais tu peux faire mieux ailleurs.

— Et vous, n'avez-vous pas gagné fortune et considération dans le droit ?

— C'est justement où je voulais en venir. Il y a vingt-cinq ans, j'étais comme toi. Muni d'un prix du prince de Galles et doué d'une certaine facilité de parole, je crus qu'il n'existait dans la vie aucune entrée plus brillante pour moi que la carrière légale. L'amour de l'art, le beau sous toutes ses formes, le sentiment de la justice et l'idéal de l'équité m'animaient. Je pourrais aisément, me disais-je, concilier les exigences du métier avec ces goûts élevés qui sont le meilleur de l'homme…

« Je déchantai bien vite. Au contact des gens de loi, je me rendis compte que, pour un grand nombre, il n'est pas de pratique plus déformatrice que celle du droit. À force d'agir selon des textes reconnus comme faisant seuls autorité, de se rendre compte que pour gagner des procès la lettre des codes vaut mieux que l'esprit des lois, de défendre des causes où la justice, le simple bon sens, sont sacrifiés à des formules, de préférer les recettes et les trucs à la naïve honnêteté des bonnes gens, vous finissez par avoir un cerveau légalisé. La légalité ! Quelle terrible chose !

« Une fois que vous êtes entré là-dedans, adieu les lettres, les arts, les progrès de l'esprit, adieu même l'amour ! Ou bien vous avez des débuts misérables, et vous êtes forcé d'avilir votre talent.

« Des besognes qui vous tenteront, la plus malheureuse, la plus accablante, parfois la plus sordide, c'est la politique. On croit, par elle, prendre un chemin de raccourci pour atteindre la clientèle ou se faire des amis; mais à quel prix? Au prix même de son âme. Si nous vivions encore au temps où les gens se vendaient au diable, c'est vers les bas-fonds de la vie publique que Méphisto dirigerait nos jeunes avocats. La déchéance de quelques-uns de nos esprits les plus brillants a commencé là.

« Te donnerai-je des exemples? Qu'est-il advenu de Marius Pharand? Il était plein de talent et d'avenir. Ses vieux maîtres lui reconnaissaient du génie. Je le vois encore, à vingt ans, portant sa belle tête de dieu et ses cheveux bouclés, tout blonds, au-dessus des foules qu'il électrisait d'un mot, qu'il faisait rire, pleurer, trépigner, hurler à volonté. Il fut un héros avant d'être un homme. Quand il parlait de patriotisme, toute sa jeune âme illuminait son visage, et on l'eût pris pour la transfiguration de la patrie elle-même. Son nom remplissait les journaux, et la jeunesse marchait dans son ombre comme dans celle d'un Jésus. Qu'a-t-il fait ensuite? Rien qui vaille. Ses discours d'aujourd'hui sont ceux d'il y a un quart de siècle: des essais d'écolier dans la bouche d'un vieillard, car il est vieux déjà à cinquante ans. Il a donné aux clubs, aux hustings, à la cabale, au bourrage de crânes et à d'autres petites saletés le temps qu'il aurait dû consacrer à cultiver son esprit, son cœur, à perfectionner son admirable personnalité. Le voici devenu une loque, un croulant souvenir, quémandant son pain et trouvant tout juste, dans son cerveau vidé et ses énergies éteintes, de quoi rappeler qu'il a manqué de devenir quelqu'un.

« Je pourrais citer une cinquantaine d'autres exemples, tous moins célèbres, mais aussi lamentables. J'ai parlé du cas le plus notoire. Celui-là, du moins, a su garder, dans sa chute, un peu de fierté et d'indépendance. Que dire des autres, qui ont passé leur vie à lécher des bottes, à exécuter de vilains coups, à cultiver la vénalité des masses, à chercher des fonds de corruption…

— Vous choisissez, lui dis-je, les pires spécimens. Pourquoi ne parlez-vous pas des quelques grands hommes qui, par la profession légale, sont entrés honorablement dans l'histoire ?

— C'est justement notre malheur d'avoir eu pour chefs, presque toujours, des avocats. Le succès de quelques-uns à traverser le marécage amena presque toute la profession à s'y enliser.

À ce moment, on annonça un client, et je pris congé, me promettant de revenir. Je me retrouvai dans la rue, un peu désemparé. J'avais tant rêvé d'être avocat et de faire de la politique ! Les journaux ne parlaient que de ça.

Chemin faisant, je méditais ce que je venais d'entendre et me demandais s'il n'y avait pas lieu, pour un bachelier comme moi, de réviser tous mes jugements, de reprendre une à une les vérités enseignées et de refaire ma science. Un immense désir de savoir, au lieu de croire, s'empara de mon être. Mille problèmes jaillissaient du fond de ma conscience avec le signe intelligent du doute, et j'éprouvais comme une joie pénible, si on peut dire, à secouer un poids formidable de préjugés et d'erreurs.

Je montai sur la terrasse Dufferin. Le jour doux, calme, tempéra mes aigreurs. Un vent léger tiédissait le chaud soleil de cet après-midi de juillet. L'eau du Saint-Laurent, bleu turquoise au pied de la falaise, devenait, au loin, d'un bleu paon, puis d'un vert pâle. Des nuages transparents, troués de fenêtres ouvertes sur l'azur, glissaient dans le ciel. De gros navires aux cheminées rouges passaient dans leur berceau mouvant et crachaient une fumée noire que traversaient les goélands clairs. Là-bas, le long de l'île d'Orléans, quelques bateaux à voiles louvoyaient, grands cygnes blessés, tendant l'aile à la brise.

Entre ces deux rives bordées de bâtiments et maculées par l'industrie humaine, des effluves du passé montèrent fugitivement. Près d'ici, me disais-je, débarquèrent un jour, venant d'un monde déjà sénile, nos pères et nos mères. Ils étaient jeunes, beaux, courageux. De petits voiliers ancrés à l'embouchure de la rivière Saint-Charles, des barques se détachaient, portant cette semence humaine dans laquelle nous devions tous germer. La plupart des pionniers s'évadaient des traditions gênantes pour goûter la jeunesse d'une terre neuve et la liberté des solitudes ; c'est le cœur gonflé de sève et d'audace qu'ils s'enfonçaient dans la forêt. Ils ne craignaient ni la peine, ni la fatigue, ni la mort ; seul l'esclavage leur faisait peur. Pendant un siècle et demi, ils ne furent qu'une poignée, quelques milliers à peine, et pourtant ils explorèrent tout le nord de l'Amérique, où vivent aujourd'hui plus de cent millions d'hommes. De la baie d'Hudson jusqu'à la Louisiane, hardis, musclés, hirsutes, on les voyait partout. C'étaient de beaux et forts hommes, faits par les plus saines femmes du monde.

Me voici parmi les descendants de ce peuple que je trouve terriblement domestiqué. Une fois la conquête faite par les Anglais et les sauvages exterminés par les vices de l'Europe, nos blancs, vaincus, ignorants et rudes, nullement préparés au repos et à la discipline, n'eurent rien à faire qu'à se grouper en petits clans bourgeois, cancaniers, pour organiser la vie commune. On eût dit des fauves domptés, parqués en des jardins zoologiques, bien logés, bien nourris, pour devenir l'objet de curiosité des autres nations.

J'agitais ces pensées quand on me toucha l'épaule. Je me tournai vivement et me trouvai face à face avec Lucien Joly, ancien camarade de collège. Il accompagnait une brune, fort belle.

— Permets que je te présente, dit-il, à mademoiselle Dorothée Meunier.

Celle-ci leva vers moi son chaud regard. J'en fus ému. Nous nous dirigeâmes tous trois vers l'extrémité ouest de la terrasse. Dorothée marchait au milieu, parlant lentement, d'une voix musicale et prenante. Elle disait entre autres choses, après les banalités de la présentation :

— Je vous ai croisé souvent dans la rue, monsieur Hubert. Vous m'intéressiez, parce que vous m'aviez l'air différent des autres. Vous aviez dans les yeux un je ne sais quoi de toujours pensif. J'étais curieuse de vous entendre parler.

— Et maintenant que vous m'avez entendu ?

— Eh bien, votre voix aussi est pensive.

— Je n'ai pourtant presque rien dit. Quand on rencontre une femme comme vous pour la première fois, on devient muet... d'admiration.

— Je déteste les hommes qui parlent trop. Ils ne sont jamais intelligents. Pour la même raison, je n'aime pas la compagnie des femmes.

Ce langage d'une jeune fille de dix-neuf ans me plaisait. J'y voyais le signe d'un tempérament bien féminin : les vraies femmes ne se délectent guère aux conversations féminines.

Dorothée était si mince, si svelte, et mise avec tant de goût, qu'elle paraissait grande malgré sa petite taille. On ne pouvait soutenir avec indifférence son regard, étrange et clair. Des paupières, légèrement bridées à l'orientale, sur des prunelles à fleur de tête, lui donnaient un grand charme. Et quelle bouche ! Une bouche bien en chair, dont la lèvre inférieure, à la fois molle et dédaigneuse, était gonflée de volupté.

— Prétendez-vous, lui dis-je, continuant l'entretien, que les qualités premières des personnes de votre sexe soient le caquetage et la médisance ?

— Oh ! n'exagérons pas ! Quelques-unes de mes amies sont discrètes, sincères, d'esprit ouvert, raisonnables... comme des hommes.

— Merci de ce témoignage !

— Ne me remerciez pas trop vite ! Je n'ai jamais dit que vous étiez des hommes faits, tous les deux. Vous avez à peine vingt-cinq ans. Des enfants ! Vous riez parce que je n'en ai que dix-neuf ? Savez-vous que nos vingt ans, à nous, en valent trente des vôtres ? C'est pourquoi vous voyez tant de jeunes filles délaisser les garçons de leur âge pour s'attacher à des hommes mûrs.

— Qu'entendez-vous par hommes mûrs ?

— De trente-cinq à soixante ans.

— Oh ! Oh !

— Oui, je dis bien, même à soixante ans, un homme peut faire fi de la jeunesse. Je l'ai bien constaté, l'autre jour, à la représentation du film des *Ailes brisées*, de je ne sais quel imbécile. L'auteur veut nous montrer que le vieux don Juan, tôt ou tard, se fait casser les ailes par un tout jeune. Il met en présence, comme rivaux, pour la conquête d'une femme, le père et le fils, celui-là, extrêmement séduisant, celui-ci insignifiant et ridicule dans sa force de belle bête. Le fils l'emporte, dans cette sotte fiction, mais, moi, je vous dis franchement que c'est le père que j'aurais aimé !

Dorothée tourna les talons; pour aller rejoindre M. Meunier qui sortait, frais rasé, des mains du coiffeur du Château Frontenac.

— Cette famille est-elle intéressante ? demandai-je à Joly.

— La fille l'est sûrement, comme tu vois. Quant au père, c'est un ancien courtier en mines qui fut tout et rien, et qui mène un train de vie... Le veinard ! il s'est retiré des affaires juste à temps pour éviter le krach de la Bourse et la cour d'assises, après avoir ruiné un tas de petites fortunes. Sa maison, rue des Bernières, est un vrai château. Il faut voir le luxe bizarre qui s'y étale : lustres en fer forgé, chambres de bains en marbre, portes sculptées, cave pleine de champagne, une douzaine de domestiques. Une histoire typique que celle du père Luc Meunier. Fils d'un artisan, il quitte l'école à douze ans; il est chasseur d'hôtel à treize ans, garçon de table à seize, chauffeur d'automobile à dix-huit, contrebandier à vingt. Pendant cinq ans, il transporte de l'alcool de Saint-Pierre à Québec ou vers divers ports du Saint-Laurent, toujours protégé par le hasard qui lui évite les détectives, les bateaux de chasse du gouvernement et les trahisons des concurrents. De simple manœuvre à bord d'un yacht, il devient pilote, puis capitaine, puis patron. Il quitte le métier assez riche pour ouvrir un bureau de courtage et amasser des millions en quinze ans.

« Le voici riche, admiré, redouté. Il a fait des dons généreux, à droite et à gauche, ce qui lui a valu plusieurs titres : chevalier de la Légion d'honneur, de Saint-Grégoire, du Saint-Sépulcre. Il verse aux fonds électoraux le prix du siège qu'il convoite au sénat. Un jour viendra où l'on dira sir Luc comme on disait sir Wilfrid.

« Les mauvaises langues ont fait courir sur son compte une histoire horrible. La disparition en pleine mer de l'ancien associé de Meunier, dans la contrebande, reste toujours un mystère. De là à soupçonner ce dernier, il n'y a pas loin. Mais je crois que c'est une calomnie. Les riches sont toujours exposés aux coups de l'envie.

« Quoi qu'il en soit, la fille rachète bien le père, et le père lui-même est devenu un peu sympathique, en dépit de sa fatuité de parvenu. L'argent et les voyages, comme la musique, adoucissent les mœurs... en apparence.

VII

Les jours suivants, je partageai mes heures entre la pensée de Dorothée, qui me hantait, et l'étude du milieu où je me trouvais et où je voulais me faire une carrière. Je consultai là-dessus plus d'un citoyen. Lucien, voyant mon embarras, me présenta à un vieux professeur d'université: Séraphin Delorme.

— Tâche d'obtenir son amitié, m'avait-il conseillé, car il a de l'influence dans les cercles universitaires. Tu pourrais aisément passer ton doctorat soit en économie politique, soit en arts et lettres.

Le ménage Delorme vivait rue Saint-Louis, dans une maison qui datait de plus d'un siècle et rappelait, comme un vieil album, l'ancienne bourgeoisie française. Avec son toit en pente, hérissé de deux larges cheminées, ses lucarnes étroites, ses fenêtres à carreaux et ses lourdes portes de chêne, elle plaisait aux touristes dégoûtés des bungalows américains. On aimait ces lignes sobres et pures, qui se retrouvent encore en plusieurs endroits de la ville fortifiée et qui en font le charme désuet, le caractère.

Ma première visite à ces vieux époux fut courte, d'une cordialité conventionnelle. Le hasard me mit de nouveau en leur présence le lendemain, dans la rue, près de la porte Saint-Louis. Ils m'invitèrent à marcher avec eux. Par ce rayonnant matin d'été, on déambulait lentement le long des parterres fleuris de l'Hôtel du gouvernement, dont la tour baignait dans des flots de soleil. Les monuments de bronze brillaient d'un vif éclat: l'historien Garneau, dans une pose ridicule de commis aux recettes; Mercier, avec son geste faux et grandiloquent; La Vérendrye en un sale accoutrement, une attitude de pompier et une plate physionomie... Parmi tant de statues manquées, le groupe des sauvages, splendide celui-là, dominait la vasque de l'Hôtel du gouvernement et vivait la triple vie du symbole, de l'histoire et de la légende.

La Grande-Allée était une rivière de clarté, une clarté exagérée, insolente, qui s'engouffrait sous la porte Saint-Louis, léchait le club de la Garnison et faisait la transition entre le passé et le présent.

Voici venir l'automobile du lieutenant-gouverneur. Au volant, un chauffeur galonné de blanc. En arrière, la brillante et jolie châtelaine de Spencerwood, madame Baril, qui salue et sourit.

— N'est-ce pas qu'elle est jolie ? dit madame Delorme. Elle fait les honneurs du château avec la grâce et l'aisance d'une reine. Vous auriez dû assister au bal de l'hiver dernier. Une féerie ! C'est dommage qu'elle soit si dépensière.

Me sentant, ce matin-là, en veine de contradiction et de paradoxes, je repris :

— Une jolie châtelaine qui ne dépenserait pas, on l'accuserait de pingrerie. Vaut mieux qu'elle soit prodigue. Elle laissera un meilleur souvenir. Il y a toujours quelque pauvre pour happer au passage l'argent qu'on jette par les fenêtres. Ce qui me frappe davantage, c'est l'existence, à Québec, d'un représentant du roi.

— Pourquoi ? interrogea Delorme, surpris.

— Parce que moi, qui mésestime certains rouages de la diplomatie, je me suis demandé plus d'une fois, depuis que j'ai pris contact avec l'histoire, pourquoi un roi sans autorité réelle, un roi-simulacre, sans aucun pouvoir administratif, simple produit d'une vieille convention, sème tant de représentants de par le monde.

— Vous avez des drôles d'idées, mon garçon. Je suis pour les traditions et les hiérarchies couronnées. Je crois qu'il ne faut pas badiner avec ça.

— Tiens ! dit la vieille, voyez Thérèse Michel dans son coupé.

Une jeune fille, insolemment belle, filait, au milieu des véhicules et des tramways, à une vitesse de quarante milles à l'heure.

— Voilà comment elle fait rouler les dollars de ce pauvre Benjamin, ajouta le professeur.

David Benjamin, riche marchand de bois, avait Thérèse pour maîtresse. Il avait soixante ans, elle, vingt-cinq. Leur liaison avait commencé dans un bureau de la rue Saint-Pierre, entre une dictée et une machine à écrire, sous prétexte de leçon d'orthographe. Elle se continuait dans un secret que tout le monde connaissait et commentait.

— Qui ne ferait des folies pour une telle femme ? répliquai-je, gardant le ton frondeur que j'avais pris afin de scandaliser.

— Taisez-vous ! s'écria madame. Une petite sténographe dont la mère est blanchisseuse au faubourg ! Aucun rang social, une éducation comme ça...

— Et lui ?

— Il a beaucoup d'argent.

— Il n'a que ça ?

Une somptueuse Packard, avec chauffeur en uniforme, passa près de nous, face à l'église du Saint-Cœur-de-Marie.

— Le jeune fou ! s'exclama madame.

— Qui, ça, le jeune fou ?

— Mais Paul Baillard ! Un écervelé qui se ruine en extravagances. Intelligent, mais dissipateur. Les dollars lui fondent entre les doigts comme neige au feu. Ses amis l'exploitent. Toutes les poules de la ville, dont il est friand, se le disputent.

— Qui est-il ? D'où vient-il ?

— Dieu le sait. Il est venu ici des vieux pays, il y a trois ans à peine. On ne sait même pas s'il a de la religion. Les immigrés de cette espèce font du mal à notre jeunesse.

— Je serais curieux de nouer connaissance avec lui, dis-je.

— Il faut fuir les mauvaises compagnies comme la peste.

— Bah ! Il y a peut-être beaucoup de bon dans ce garçon-là. Dans tous les cas, il doit être moins embêtant qu'un zélateur de la Ligue du Sacré-Cœur.

Nous voici vis-à-vis du monument Montcalm. Au pied du grand blessé, que protègent les ailes de la gloire, passe un homme d'âge mûr, front soucieux.

— Bien éprouvé, ce pauvre Valade, dit Delorme. Le public ne connaît pas toute son histoire. Par des spéculations imprudentes, il a ruiné plusieurs familles qui lui avaient confié leurs économies. La veuve Charlot, entre autres, reste sans le sou, avec huit enfants, dont l'aîné n'a que seize ans. Un honnête homme au fond.

— En effet, reprit madame, c'est un excellent catholique. Il n'a jamais manqué la messe et a souscrit largement à toutes les bonnes œuvres de sa paroisse. Le pape l'avait décoré...

— C'est ça, dis-je, le jeune homme qui dissipe sa fortune sans ruiner personne, vous appelez ça un débauché, si vous pensez qu'il n'est pas un dévot ; celui qui ruine pieusement les veuves pour s'enrichir, tout en apaisant la colère divine par de petits cadeaux, vous l'appelez un honnête homme au fond.

De papotage en papotage, on arrivait à la rue Cartier. Le caravansérail Saint-Louis dressait vers le ciel son outrage au bon goût. Tout près, l'église et le monastère des Dominicains s'obstinaient à reproduire en petit les lignes sévères et dépaysées du Moyen Âge. Le tout noyé de clartés blondes.

Voici les champs de bataille. Incontestablement, un des plus beaux jardins de l'Amérique du Nord. En cette courte promenade, j'avais appris l'histoire en raccourci de la moitié des familles en vue de Québec : je savais que M. Untel, ayant surpris sa femme en flagrant délit d'adultère, l'avait chassée de chez lui pour la reprendre une semaine plus tard ; que Mlle X. avait des rendez-vous nocturnes avec un chauffeur de taxi ; que M. Y. communiait tous les matins et que M. Z. ne faisait pas ses Pâques ; que les jeunes N. pratiquaient le malthusianisme ; que Mme L. était syphilitique ; que le Dr B., pour édifier les maternités futures, allait planter, chaque matin, à la messe basse, un cierge au pied de la statue de la Vierge ; que Mlle P., comme plusieurs autres de la bonne société, portait le surnom approprié de Quidonnetoutexceptéça.

À chaque anecdote racontée par le débonnaire professeur et sa femme, j'affectais d'excuser, même de glorifier, les travers des gens. Les vieux ne faisaient pas semblant de se froisser, car ils étaient bien élevés et savaient, comme tout leur monde, dissimuler leurs sentiments. Mme Delorme se contenta de me dire, au moment de nous séparer :

— Vous avez cultivé, je crois, l'esprit de contradiction. Je ne déteste pas cette tournure qui donne du piquant à la conversation. C'est, dans tous les cas, un moyen certain de se rendre intéressant.

Je la remerciai du compliment, et le professeur reprit en montrant le monument de Wolfe :

— Pas mal, la colonne, hé ? Ça rappelle un malheur français, c'est vrai, mais tout le monde admet, aujourd'hui, qu'il valait mieux qu'il en fût ainsi. Que serions-nous devenus, avec la France révolutionnaire ?

— Nous n'aurions pas été, du moins, répliquai-je, une race conquise et un troupeau domestiqué.

— Enfant ! se contenta-t-il de répondre. Et il me tendit la main.

Je lui confiai rapidement mon désir de me livrer au professorat, à l'université.

— Je veux bien vous appuyer, dit-il. Si jamais vous entrez là, ne soyez pas trop frondeur, pas trop indépendant. Tout ce qui peut ressembler à l'indépendance de caractère, à l'émancipation de certains principes, est banni de l'université, gardienne de la tradition… et de la vérité.

VIII

— Je te conseillerais d'essayer du journalisme. Tu as des idées, de la verve, un esprit critique et du style. C'est là que tu trouverais le meilleur emploi de ton talent.

Tel est le conseil que me donnait Lucien Joly, à la sortie d'un petit cinéma, où l'on avait déroulé le film de *L'enfant martyr*, titre abominable substitué, pour la foule, à celui de *Poil de carotte*.

Lucien, aussi jeune que moi, se méprenait encore sur la nature de nos grands journaux. Je me faisais illusion également et croyais apporter au journalisme canadien un élément de pensée qui y manquait. Je passai une laborieuse soirée à forger un article solide, dans lequel je m'efforçais de montrer que la liberté morale est le pivot de la civilisation, la condition première du perfectionnement de la personnalité, partant, du progrès indéfini de l'individu et, par lui, de la société.

Le lendemain, je m'empressai d'aller soumettre cet article, que je croyais bien écrit et bien pensé, au directeur d'un journal soi-disant indépendant.

L'éminent rédacteur en chef lut ma prose en silence et murmura, comme se parlant à lui-même :

— C'est dommage que les gens sincères manquent si souvent de jugement.

— Que voulez-vous dire ?

— Je veux dire que vous auriez médité un coup contre mon journal que vous n'auriez pas mieux réussi. Je refuse votre article. Imaginez le scandale, chez nos abonnés, s'ils apprenaient que nous donnons asile à un jeune prétentieux, qui, non content de fréquenter la grammaire et le bon sens, pousse l'inconvenance jusqu'à nourrir des idées qui ne soient pas celles de tout le monde !

Je baissai la tête comme un coupable. La lèvre inférieure tremblante d'émotion, je balbutiai :

— Alors… vous en êtes bien sûr… c'est mal d'avoir des idées ?

— Jeune homme, les idées suivent la loi de l'offre et de la demande. Est-ce qu'on vous les a demandées, vos idées ? Non ?… Alors, gardez-les ! Préparez-leur d'abord un marché, c'est toujours ce qu'il faut faire pour « ouvrir un territoire » à une nouvelle marchandise… Au reste, vous exprimez des pensées trop claires, trop simples, trop élémentaires, pour être compris et suivi. La foule n'aime vraiment que l'incroyable et ne comprend bien que l'absurde. Il est des absurdités qui ont vécu des milliers d'années et qui prendront autant de temps à mourir. Devenez absurde vous-même, et on vous vénérera comme un totem d'Esquimau. Vous avez un si beau talent, mon ami. Pourquoi ne pas le mettre, comme le mien, au service d'une grande cause ?

— Quelle cause ?

— La cause de l'erreur populaire.

— Je ne m'attendais pas à trouver chez vous tant de cruelle ironie.

— Dans notre carrière, mon cher Hubert, l'ironie est le refuge suprême du talent.

Je m'éloignai sous le coup d'une profonde humiliation et traversai toute la ville, songeant, maugréant, rongeant les freins.

Chemin faisant, je traversai un parc plein de fleurs que je ne vis pas, de parfums que je ne sentis pas, de chants d'oiseaux que je n'entendis pas, de jolies passantes que je ne désirai pas, car j'étais tout entier à ma désillusion. La nature me paraissait maintenant moins accueillante et moins belle, tant il est vrai que les choses prennent la couleur de nos contrariétés.

Un soleil soporifique, indiscret et brutal me fouillait le fond des yeux avec des rayons lourds comme des doigts de plomb. Pour m'en protéger, je m'affalai sur un banc, à l'ombre d'un érable.

Je levai mon regard vers le feuillage, et il me sembla que cette masse de verdure buvait la lumière comme une éponge et qu'il eût suffi de la presser des deux mains pour en faire pleuvoir sur mes épaules des gouttes de soleil.

Bientôt, l'arbre subit, à mes yeux, une étrange métamorphose. Toute cette matière végétale se disloqua et s'ordonna comme à travers un kaléidoscope. Le tronc sur lequel je m'adossais cessa d'être mon appui pour devenir un boulevard où passait du monde; chaque branche se transforma en sentier, en rue, en ruelle, puis, les feuilles se groupèrent en un bloc énorme pour composer une ville étendue jusqu'au bord de l'horizon.

Je me trouvai comme perdu dans cette vision fantastique. Quelques arpents seulement me séparaient de la ville magique. Je me levai et marchai droit vers les pâtés de maisons alignées le long de la chaussée.

Une porte basse, à laquelle je me butai, s'ouvrit pour me livrer passage et se referma d'elle-même.

À deux pas de là, une affiche flamboyante portait ces mots:

« Défense d'user de la parole autrement que pour déguiser sa pensée. »

Je ne vis là qu'un mot d'esprit que j'avais déjà lu ailleurs.

— Il faut qu'on aime bien l'humour, en ce pays, me dis-je, pour graver pareille boutade sur une plaque d'or massif.

J'allais atteindre l'encoignure de la rue voisine, quand je marchai, par mégarde, sur le pied d'une femme belle à ravir et armée d'un sourire qui aurait ranimé Mathusalem.

— Je vous aime, ami, comme je vous aime ! s'écria-t-elle d'une voix blanche.

Bouleversé par cet aveu inattendu, j'oubliai le lieu et la bienséance, et voulus embrasser l'aimable inconnue.

Alors, elle me martela le nez à poings fermés, et, comme j'étanchais le sang jailli de mes narines, elle appela un agent de police.

Celui-ci m'intima l'ordre de le suivre au commissariat.

— Cette femme m'a provoqué ! protestai-je.

— Provoqué ? Vous ne nous ferez pas croire que la plus jolie et la plus chaste femme de ce pays vous ait provoqué, jeune libertin ? Qu'est-ce qu'elle vous a fait ?

— Elle m'a dit : « Je vous aime, ami, comme je vous aime ! » Elle ne l'a pas seulement dit, elle l'a crié.

L'agent partit d'un tel éclat de rire que j'en fus estomaqué.

— Qu'avez-vous à rire ?

— Je parie que vous n'êtes pas du pays ou que vous êtes fou. Dans notre langage, les paroles prononcées par la femme que vous avez insultée signifient : « Je vous déteste, idiot, comme je vous déteste ! »

Relâché immédiatement comme étranger, je pris une course folle pour sortir au plus vite de ce lieu où il était impossible à un gaffeur comme moi d'éviter la prison.

À quelque distance de là, un excentrique gambadait et ricanait en hurlant :

— Que je suis content, tonnerre, que je suis content ! Une veine inespérée, mon vieux. Imagine que mon père, ma mère, ma femme et mes enfants viennent d'être assassinés par mon meilleur ami.

Affolé, je pressai le pas et arrivai à une seconde porte que je franchis avec un soupir de soulagement.

Le spectacle qui s'offrit à moi n'avait rien de rassurant. Des maisons sombres, des rues étroites comme des pistes de vaches, des enfants livides rampant, par groupes cagneux, parmi les ordures en décomposition.

Comme mon œil s'accoutumait au clair-obscur, j'aperçus cet écriteau :

« Ici, il est défendu de penser sous peine de prison. »

Au bas de ces mots, la rubrique suivante :

« La seule pensée permise est distribuée en flacons de quarante onces, par les vendeurs autorisés de la Régie de l'Encéphale. »

Poussé par la pitié et la curiosité, je poursuivis ma route et arrivai devant un magasin très bas, très long et très étroit – touchant symbole ! – d'où sortaient une foule de personnes chétives, qui emportaient avec elles des fioles coloriées et scellées de timbres officiels.

Je hélai un passant et lui demandai ce que signifiait cette sinistre procession.

— Ce n'est pas une sinistre procession, répondit-il, mais le pèlerinage quotidien de la population aux sources de la pensée humaine. L'immeuble que voici appartient à un monopole qui jouit du privilège exclusif de vendre en bouteilles l'esprit pur. Une loi renforcée par des sanctions sévères prohibe absolument l'usage de produits intellectuels autres que ceux-là.

— Quels moyens prend-on pour prévenir la fraude ? Vous ne craignez pas la contrebande de la pensée ?

— Les *bootleggers* de l'intelligence s'exposent à des peines sévères, en ce monde et dans l'autre. Ils sont rares. Aussitôt qu'une intoxication par l'idée ou par l'influence d'un homme de génie se manifeste quelque part, nos espions nous renseignent et nous administrons aux coupables un astringent qui guérit le cerveau de tout danger de création.

— Dans ce cas, répliquai-je doucement, je me rends compte pourquoi toutes ces faces qui défilent ici sont inexpressives comme des masques de plâtre.

À ces mots, le quidam bondit de colère et fit signe à un constable voisin d'arrêter le jeune insulteur de « la race ».

On m'enferma dans un cachot en attendant de me traduire devant le tribunal.

Par une sorte de miracle, je parvins à briser un barreau de ma fenêtre et à fuir à la faveur de la nuit.

À l'aube, j'entrai dans un quartier lépreux où rien ne réjouissait la vue. Aucun arbre, aucun monument, aucune chanson.

Devant moi s'étendait un champ vague et nu, dans lequel je crus reconnaître une place publique. Ce champ était couvert de femmes en haillons qui semblaient occupées à gratter la terre avec autant de soin qu'on en met à chasser les poux dans la tête d'un enfant.

— Que faites-vous là ? demandai-je à l'une d'elles.

— Ah ! vous ne savez pas ? Non ? Vraiment ? Nous arrachons une à une toutes les racines qui s'obstinaient à vouloir pousser dans ce parc. Une loi ancienne et respectable prohibe, dans nos murs, la croissance du moindre végétal, car, vous savez, un brin d'herbe, c'est la vie.

— Le monde est-il devenu fou ? pensai-je.

Je passai outre.

Des affiches sans nombre encombraient les rues à la façon de nos poteaux de télégraphe.

M'arrêtant à tous les cinquante pieds, je lisais :

« Défense d'être poète ! Le rêve conduit aux pires perversions. »

« Défense de troubler la paix des âmes par la musique ! Seul le tam-tam est permis. »

« Défense aux magiciens de la couleur et des formes de peindre l'homme et la femme tels que Dieu les a faits ! »

« Défense de créer des statues vivantes de peur d'inspirer aux purs des pensées profanes ! »

« Défense d'assister aux spectacles qui ne seraient pas ennuyeux ! »

« Défense aux affligés et aux désespérés de boire du vin pour oublier le poids de la vie ! »

« Défense d'écrire des livres qui ne feraient pas bâiller ! »

« Défense de trouver belle une femme qui aurait le malheur de l'être réellement ! »

« Défense d'être heureux en amour ! »

Tremblant d'effroi, je cherchais à échapper à ce cauchemar, quand je vis, au fond d'une cour, un vieillard blême, couché dans des immondices et enlisé jusqu'à la bouche en des ordures grouillantes de mouches et de vers.

J'offris à ce misérable de le tirer du cloaque. Il me repoussa avec indignation :

— Loin d'ici, jeune homme ! Tu me fais horreur, parce que tu m'as l'air sain et jovial.

— Vous voulez donc pourrir vivant dans la fange ?

— Pourrir vivant ? C'est le devoir de tous les miens. Je m'étonne même que tu ne rougisses pas de marcher librement dans la rue, comme si tu cherchais quelque joie de vivre. Tu protestes ? Tu aimes la Liberté, je suppose ? Eh ! bien, ta Liberté, va voir ce que mes enfants ont fait d'elle, sur la colline voisine.

Je me détournai avec dégoût de ce vieux qui, sous tant de déjections et de puanteurs, jouissait comme une courtisane dans ses coussins et ses parfums.

J'atteignis bientôt un monticule autour duquel des lépreux vociféraient, menaçant le ciel de leurs poings couverts d'une peau écailleuse et jaune comme celle du hareng fumé.

Sur une arête de roc, je vis un gibet auquel pendait, attachée par les pieds, une femme divinement belle. Des forcenés lui criblaient la poitrine de coups de fouet, tandis que des gamins sordides se balançaient, comme en des escarpolettes, au bout de sa puissante chevelure, qui pendait jusqu'à terre et le long de laquelle coulaient des ruisseaux de sang.

Je reconnus cette femme.

C'était la Liberté qu'on avait pendue !

Pris d'une rage surnaturelle et sentant sourdre, du fond de moi-même, des forces surhumaines, je fonçai sur les assassins, me frayai un passage parmi eux, à coups de poing, et coupai la corde qui lacérait l'éternelle martyre.

Celle-ci vivait encore et souriait malgré ses blessures.

Je la pris par la main et l'entraînai dans ce pays maudit que je venais de traverser.

Sur mon passage, les arbres repoussaient, les brins d'herbe renaissaient, les fleurs s'ouvraient, les monuments de la sottise croulaient et les écriteaux infâmes tombaient avec fracas. Par enchantement, on voyait fuir les pestilences et surgir de la terre régénérée la pensée, l'art, la beauté et la joie.

Puis, la Liberté se tourna vers moi et me demanda si j'étais content de son œuvre.

— Pas encore ! dis-je. Près du lieu de ton supplice, j'ai vu un vieillard rongé de fièvre et enlisé volontairement dans ses excréments. Il te maudissait. Viens avec moi ! Nous le forcerons à reprendre sa dignité d'homme.

— Jamais ! répondit-elle.

— Cet homme t'a méconnue et insultée.

— Peu importe. Toute coercition, même contre mes ennemis, serait contre ma nature. Si c'est la volonté du vieux d'épouser la pourriture, qui enfantera de lui la mort, il peut rester libre comme toi, car je suis sa Liberté aussi bien que la tienne.

Alors, je tombai la face contre terre :

— Enfin, j'ai trouvé la tolérance et la bonté !

Je relevai le front. La belle dame n'était plus là. Je poussai un grand cri pour la rappeler, et je sursautai.

Je m'éveillais au pied de l'arbre sous lequel je m'étais endormi une heure plus tôt.

Un chien errant, passant entre mes jambes, avait fait tomber de mes genoux sur le gazon le manuscrit refusé par le journal, et les feuilles maculées voletaient joyeusement, comme des colombes en folie, au gré des souffles chauds de ce clair midi.

IX

Pendant que je courais après ces papiers épars, j'entendis une voix aimée :

— Bonjour, monsieur Hubert !

Dorothée passait à cheval. Elle vint droit à moi, souriante, divine. Le vent agitait la crinière souple de la bête et la chevelure noire de la femme, et c'était fort joli :

— Vous avez l'air tout chose, dit-elle.

— Je viens de dormir.

— Vous ne manquez pas de goût dans le choix de votre couche : un jardin, des fleurs, des oiseaux qui chantent…

— Et une charmante femme qui passe.

— Merci ! Mais vous ne me dites pas toute la vérité. Il se passe quelque chose de pas gai derrière ce front-là.

— Comment puis-je être gai ? Je voulais faire du droit, et l'on me dit qu'il y a épidémie d'hommes de loi. Je veux une chaire à l'université, et l'on m'apprend que la chaire est incompatible avec mon indépendance d'esprit. Je vais, ce matin, offrir mes services à un journal, je présente cet article, et on me dit que ma prose déclencherait une campagne de désabonnement.

— Si j'en parlais à mon père...

— Votre père me proposera un commerce quelconque. Autant me laisser crever.

— Enfin que voulez-vous ?

— Je ne veux rien devoir à personne. Travailler suivant mes goûts, suivant ma nature, puis, un beau soir, recevoir d'une jolie femme un baiser fait d'ivresse et de gloire conquise.

— Le travail, l'indépendance, la gloire et puis l'amour, c'est beaucoup à la fois. Ce serait trop beau. Grand enfant ! Précisez votre idée, voulez-vous ? Faites-le pour moi, ne fût-ce que pour satisfaire mon caprice.

— Voici : depuis tout à l'heure, depuis que j'ai appris brutalement qu'il me serait impossible de vivre en cette ville sans abdiquer le meilleur de moi-même, sans amoindrir ce que j'aime le mieux en mon être, sans contrefaire moralement les boiteux, les paralytiques, les goutteux et les culs-de-jatte, tous les infirmes du crétinisme régnant, il me prend une envie folle de ne plus rien demander à personne, afin que, livré à mes seules forces, je puisse démolir ce que je voudrai, bâtir ce que je voudrai, adorer ce que je voudrai, bref, enrichir ma personnalité et celle des autres.

— Petit fat ! Votre personnalité ! Êtes-vous sûr d'en avoir une ? Vous ne répondez pas ? Eh ! bien oui, vous en avez une, malgré votre jeunesse. Mais quel orgueil dans tout ceci ! Vous vous aimez comme si vous étiez votre propre maîtresse. Du pur narcissisme ! Ne protestez pas, vous êtes très content de vous.

— Vous l'avez dit, je suis content de moi… quand je me compare…

— Vous avez raison, allez. On m'a dit beaucoup de bien de vous. Et puis, cette confiance en vous-même vous donnera du succès auprès des femmes.

Un coup d'éperon, un virement brusque du cheval, et voilà Dorothée partie sans me donner le temps d'ajouter un mot.

— Pourvu, me dis-je, qu'elle n'aille pas me ranger dans la collection des m'as-tu-vu.

Elle fit le tour du parc, splendide, traça un cercle entier et revint passer devant moi en galopant. Elle me lança cette phrase à la volée :

— Je vous en trouverai, moi, un moyen de développer votre personnalité.

Je me contentai de rire assez haut pour être entendu d'elle. Je pensais qu'elle badinait ou se moquait de moi.

Mais ses dernières paroles m'avaient rempli de perplexité.

Plus nettement que jamais, je me rendis compte que j'étais un rebelle. Pourquoi rebelle ? Parce que je refusais d'abdiquer le moi, ce moi qui prenait des proportions infinies à mesure que je comptais, méprisant ou apitoyé, les infirmités et les insignifiances du monde qui m'entourait. La révolte avait commencé le jour où, secouant le joug du cloître, dépouillant la misérable défroque qui couvrait ma vie d'homme, comme d'une cuirasse de contraintes, jetant à mes pieds les éclats rompus des humilités feintes, des vertus frelatées, des soumissions irraisonnées, tirant, sanglants, de ma gorge, de ma poitrine et de mes reins, les trois dards des vœux monastiques, j'avais ouvert devant moi, face à l'horizon immense et libre, les lourds panneaux de l'ombre et crié de toutes mes forces : « Enfin, je vais marcher dans ta lumière, soleil de la pensée, soleil de la nature et soleil de l'amour ! »

X

De la maison des Meunier, on apercevait, ce matin-là, le gazon et les fleurs des plaines d'Abraham. Des grives, sautillant dans l'herbe, tiraient de la terre humide des vers énormes, qui se contractaient, résistaient, puis cédaient tout à coup, comme des arcs détendus, et l'oiseau culbutait en des pirouettes de clown.

Dorothée, assise sur la véranda, vêtue d'une robe de chambre rouge avec imprimés de marguerites, étirait son petit corps félin, bâillait, semblait s'enivrer de la douceur languide de l'air.

Luc Meunier sortit par la porte centrale et se dirigea, cigare à la bouche, vers sa fille. Un complet de fine toile grise, habit frais et souple pour les jours chauds, lui donnait un air de confort et de satisfaction. Il avait les yeux d'un bleu dur, un teint basané d'ancien marin, le front rayé de deux plis profonds, le nez épais, les lèvres minces et sèches, le menton allongé, saillant, brutal. Les aspérités du caractère apparaissaient quand le visage était au repos, mais dans l'animation de la conversation, surtout en présence de Dorothée, qu'il aimait beaucoup, il devenait d'une jovialité ronde, un peu triviale, plutôt sympathique. Au reste, il sentait bon l'eau de Cologne.

— Allô ! Mathée (contraction de « ma Dorothée ») ! De bonne humeur, ce matin ? Tu en as, de la chance, toi, de vivre comme ça, à flâner, à te faire chauffer les flancs dans une chaise longue et à rêvasser comme une petite vache au soleil.

Dorothée riait de cet effort paternel pour la taquiner avec esprit.

— Tu ris ? Va, je ne te blâme pas. C'est à paresser comme ça que tu fais la plus belle fille de Québec.

— Je vous en prie, mon père, ne vantez pas votre marchandise, surtout quand vous vous trouvez devant des esprits malveillants, comme chez les Delorme, l'autre jour. Vous vantez votre fortune, vous vantez vos chevaux, vous vantez votre fille…

— Pas de bêtises, Mathée ! Je n'ai jamais mis mes chevaux avant ma fille. Habille-toi plutôt et viens avec moi. Une course.

— Non, pas de course avant que je vous aie demandé une faveur.

— De l'argent, je devine ?

— Peut-être, mais pas pour moi.

— Alors, c'est pour les autres ? Au diable, les autres ! Ils s'en gagneront. Ils feront comme ton bonhomme de père.

— Il ne s'agit pas de faire l'aumône. Une entreprise qui m'intéresse.

— Gageons que c'est un tuyau de Bourse ! Mathée, tu apprendras que ces tuyaux sont mauvais. Ils ont tous craqué dans la crise.

— Non, vous ne pouvez pas savoir. Voici. Il s'agit d'un jeune homme qui se prétend capable de grandes choses, semble avoir du talent et ne fait rien, personne ne voulant de lui.

— Que veux-tu que je fasse, moi, de ton jeune homme ?

— Rien du tout ! Écoutez-moi donc. Vous parlez tout le temps ! Ma curiosité me porte vers une expérience comme celle-là. Je voudrais savoir comment un original de cette trempe saurait profiter d'une bonne occasion. Donnez-moi les moyens de la lui fournir.

— Je ne comprends pas. Voudrais-tu que je le recommande à mes amis, les ministres ?

— Mieux que ça. Je désire que vous l'aidiez, de vos propres sous, à fonder une œuvre où il agirait à son gré et se ferait valoir… plus précisément, un périodique, une revue où il écrirait ce qu'il voudrait, où nous lui donnerions assez de corde pour se pendre, s'il y avait lieu.

— Je crois que tu rêves, Mathée. Tu me fais penser à une petite fille qui n'est pas encore réveillée et qui divague. Fonder une revue pour un jeune homme ? Qu'est-ce que c'est que ce vaurien ?

— Ce vaurien est mon ami. Il m'a plu à première vue. Il s'appelle Max Hubert

— Tu dis ?

— Max Hubert.

Luc chercha dans sa mémoire. Il ne connaissait aucune famille Hubert. Ce n'était donc pas du grand monde. Il répétait avec une mine déçue :

— Hubert... Hubert... connais pas ? Je n'aime guère te voir faire de l'œil à des jeunes gens qui n'ont ni place ni famille.

— De famille ? Est-ce que vous en aviez une, vous, quand vous avez commencé ?

— Peu importe ! L'affaire est mauvaise. J'aiderais n'importe quel type calé qui me proposerait une entreprise pratique, avec des bénéfices au bout et la garantie d'un remboursement du capital et des intérêts. Une revue pour aider un garçon qui écrit ? Tous les écrivains que j'ai connus n'avaient pas le sou. Un métier de quêteux.

Puis brusquement :

— Laissons ça pour aujourd'hui. Demain est là. J'ai juste le temps d'aller chez Bouvier, qui m'attend.

— Je ne l'aime guère, votre Thomas Bouvier, dit Dorothée. Je n'ai jamais compris, personne ne comprend votre amitié pour ce fainéant débauché.

— Il ne faut pas croire les bavardages des gens.

— Je crois ce que je constate par moi-même. Je l'ai vu assez souvent ivre, drogué ou en compagnie de femmes de rien.

— Je connais ses vices, mais nous avons trop de souvenirs communs pour que je l'abandonne. Il a été mon compagnon de misère, dans ma dure vie de marin. Par tous les temps, la pluie, le vent, le froid, la neige, nous transportions de la marchandise depuis Terre-Neuve jusqu'à Québec et Montréal, dans un petit bateau de trente-cinq pieds de longueur. C'est là qu'on a mangé de la grosse mer et de la vache enragée. Bouvier était de plusieurs années plus jeune que moi, presque un enfant. Il me semblait que je lui devais protection pour son endurance et sa bonne humeur dans le voyage. Une fois que la prospérité m'est venue, je l'ai associé à ma fortune. Il en a fait mauvais usage, mais on ne dira pas que Luc Meunier a plaqué un ami.

— Et vous avez poussé votre générosité très loin. Trois ou quatre fois à ma connaissance, il s'est ruiné en folies, et toujours c'est vous qui l'avez repêché avec votre argent.

— J'avoue qu'il m'a coûté cher, le bougre.

— Je ne vous blâme pas d'avoir été bon, même pour un homme de rien, mais je voulais en venir à ceci. Vous qui donnez si largement à un pique-assiette indigne de vos largesses, vous refuseriez de porter secours à un honnête garçon plein de talent et de bonne volonté ?

— Tu y tiens tant que ça, à ton artiste ? Petite Mathée, il sera dit que tu as toujours raison. J'y réfléchirai. Au revoir !

Meunier fit quelques pas, puis, se retournant brusquement, ajouta :

— Tu ne viens pas avec moi ? À chacune de mes visites, Bouvier me reproche de ne pas t'amener.

— Je ne mettrai jamais les pieds chez lui.

— Tu le hais donc bien ?

— Je ne le hais pas, il n'en vaut pas la peine, mais je ne puis souffrir ses aveux.

— Comment ça ?

— Ce monsieur s'est permis de me dire qu'il m'aime depuis des années, qu'il n'a gardé le célibat jusqu'à présent que pour m'attendre, que je suis sa vie, son rêve, sa flamme. Je ne puis le tolérer. Il me répugne.

— Je comprends. Évidemment... évidemment, c'est une chose... inconcevable. Je te demande simplement d'être distante, sans cesser d'être gentille.

— Oui, papa, pour vous plaire, je serai gentille, mais plus que distante.

S'en allant vers son ami, Meunier se remémorait ses nombreux voyages en mer avec Abel Warren et Thomas Bouvier. Abel était hardi, entreprenant et ambitieux ; Thomas n'était alors qu'un marmiton et faisait, à bord, des travaux de femmes de ménage.

Warren et Meunier, associés à parts égales dans le commerce de contrebande, avaient fait plus d'un bon coup à la barbe des agents ou sous la mitrailleuse des navires de la gendarmerie. Sur leur yacht blanc, au moteur ronflant, ils longeaient les côtes de la Gaspésie, hérissées de sapins et grouillantes de palmipèdes. Certains soirs, à Percé, par exemple, la nature se métamorphosait en une féerie, aux lueurs crépusculaires. Des voiles de pêcheurs glissaient sur l'horizon mauve. Des teintes violettes bougeaient, au creux des vagues soyeuses. De l'autre côté de la baie, sur la falaise de l'île aux oiseaux, des millions d'ailes palpitaient. Le rocher de Percé, avec sa porte en forme d'arcade, bâtie par le génie du golfe, se dressait comme la cathédrale du vent et de la tempête. Au large, des dauphins glissaient dans les vagues en roulant joyeusement sur eux-mêmes.

On allait jusqu'à l'extrémité est de l'estuaire, à plus de douze milles des côtes, et là, en pleine nuit, le plus souvent par gros temps, sous les embruns, mouillé, transi, grelottant et joyeux, on accostait une masse noire, blottie sinistrement dans l'ombre. C'était une goélette venue des îles. On déchargeait vite la cargaison, dix mille gallons par voyage, et l'on s'enfonçait de nouveau dans le péril. On s'en retournait de nuit, parfois à travers une brume épaisse, afin de tromper la surveillance des gendarmes. C'était le grand sport.

Puis, un accablant souvenir. Une nuit d'orage que le vent hurlait, Warren était de quart sur le pont, transi par les haleines d'octobre. On n'entendait rien que les orgues funèbres de l'eau, de la brise et de la pluie. Mais, soudain, les cris éperdus de Warren tombant à la mer. Le jeune Bouvier, reposant dans son lit, pouvait-il croire à un crime ? Luc Meunier gardait-il sans cesse à sa portée, sous sa main, comme l'envers de sa conscience, le seul témoin possible d'un meurtre ? Il l'avait associé à sa fortune, avait supporté ses prodigalités et son alcoolisme, l'avait repêché plusieurs fois dans la ruine, l'avait traité tels ces dieux dangereux ou cruels, génies du mal, que les nègres accablent de cadeaux et de sacrifices pour les apprivoiser ou les empêcher de nuire. C'est chez lui qu'il allait ce matin-là. Il y allait presque tous les jours. Était-ce une expiation ou l'une des inépuisables merveilles de la véritable amitié ?

XI

L'image de Dorothée m'obsédait depuis la veille. Ce jour-là, tout en pensant à elle, je lisais l'*Othello* de

Shakespeare. De temps à autre, mes regards se portaient sur les livres de ma bibliothèque. Je finissais par m'évader de ma lecture, songeur et presque somnolent. Je voyais, à travers la fumée de ma cigarette, Shakespeare, gigantesque, sensible, violent, tendre et brutal, qui lançait dans le monde, en nuages labourés d'éclairs et luisants d'or, tous les rêves, tous les drames, toutes les cruautés mêlées à d'infinies délicatesses. Puis la face de Goethe, très pâle, entourée d'Hermann et Dorothée, de Marguerite, de Faust rajeuni, et, derrière le groupe, le rire crispant et magnétique de Méphisto... Molière, un pli amer au coin de la lèvre, tenait un Tartuffe d'une main puissante, tandis que, de l'autre, il arrachait des entrailles de cet être fourbe la nauséabonde vessie de son hypocrisie. Balzac montrait un crâne énorme, un crâne transparent comme une boule de cristal et large comme une voûte d'église, dans lequel s'agitaient, grimaçaient, pleuraient, riaient, haïssaient et aimaient le vaniteux et honnête Birotteau, l'envieuse et intrigante cousine Bette, le sensuel et veule baron Hulot, le compatissant Benassis, toute l'armée de la bourgeoisie née de la Révolution. Lamartine, vieux, noble, loqueteux et divin, traînait ses habits râpés dans Paris... Au-dessus de la vision des génies, un chant s'élevait, d'abord lointain, puis se rapprochant peu à peu, grossissant comme un torrent sous la pluie, et, sur une formidable vague d'harmonie, paraissait le front de Wagner... D'autres et d'autres encore défilaient dans cette songerie, jusqu'à ce que le spectacle se transformât. La foule des génies se changea en un parterre de fleurs géantes. Mille parfums s'exhalèrent parmi des chants d'oiseaux. On eût dit que toute la douceur des choses émanait de ce jardin et que le monde, barbare et implacable, se serait abîmé dans l'enfer, s'il n'avait eu cette moisson d'immortalité.

Ce tableau éblouissant et fugitif me suggéra que la plus haute perfection humaine procède de la science et de l'art, des rayons et des fleurs. Le meilleur des hommes serait peut-être celui qui percerait le mieux le secret des êtres et qui, en tout, dans la pensée, l'acte et l'objet, saisirait le reflet de la beauté.

Voilà ce que je voudrais être, et je n'en trouve pas le moyen.

Il faut être aussi tout amour, me répond une voix intérieure. Tout amour ! Le souvenir de Dorothée revint. À ce moment même, la sonnerie du téléphone :

— Mademoiselle Meunier à l'appareil.

— Quelle joie de vous entendre !

— Venez ce soir, rue des Bernières. Nous déciderons d'une affaire qui vous touche de très près. Entendu ?

— J'y serai, merci !

À neuf heures du soir, j'entrais chez les Meunier. On me conduisit, par un couloir, vers un escalier aboutissant à un sous-sol lambrissé de plaques de marbre de diverses couleurs, où dominaient le gris, le rose et le bleu. Une mosaïque, formant les dessins les plus imprévus et les plus fantaisistes, couvrait le plancher. Au fond, assis dans de larges fauteuils de cuir rouge, Dorothée et son père m'attendaient.

Après les présentations, Meunier, en homme expéditif et peu habitué aux détours, jeta l'amorce :

— Ma fille, qui vous connaît à peine, s'intéresse à votre avenir. Pouvez-vous comprendre ça, vous ?

— C'est de sa part une marque de confiance dont je suis fort touché et flatté.

— La coquine, elle s'est emballée pour un type comme vous, et vous le savez bien ! Mes félicitations, jeune homme. Vous êtes bon cavalier pour en arriver là. Dorothée est une pouliche difficile à dompter.

— Papa, il s'agit bien de moi et de mon vilain caractère. J'ai une expérience à tenter avec vous, Monsieur Hubert. Ne vous fâchez pas si, pour un temps, vous êtes mon cobaye.

— Je n'aurais aucune objection à satisfaire ainsi votre curiosité et même votre cruauté de femme.

— Exactement… pour voir ce que vous avez dans le ventre.

— Voilà qui est franc.

— Et amusant.

— Avez-vous fini de faire de l'esprit ? dit Meunier. Laissez-moi vous expliquer… Moi aussi j'obéis aux ordres de ma fille. Elle prétend que vous voulez écrire, que vous avez du talent et qu'il vaut la peine de vous aider. Vous allez étudier le projet d'un magazine…

— D'une revue, rectifia Dorothée.

— Oui, d'une revue qui représenterait ce que ma fille appelle les idées de la jeune génération. Au fond, je m'en fiche des idées des jeunes. Vous êtes un tas de petits excités et casseurs de vitres. L'âge vous mettra du plomb dans l'aile… et dans la tête. Quand vous saurez qu'on ne gagne pas d'argent à écrire et à gueuler, vous reviendrez à la vieille méthode, qui consiste à rentrer dans le rang, à profiter sagement des occasions qui empêchent de mourir dans la crotte.

Pour en revenir à votre entreprise, j'y souscrirai pour plaire à ma fille. En aurez-vous assez de cinquante mille dollars ?

Cette brusquerie, cette sorte de contradiction entre les paroles du début et le geste final, me surprit au point que je me demandai s'il se payait ma tête. Je le regardai et vis qu'il ne badinait pas. Il ne faut pas, pensai-je, me laisser passer le carcan.

— J'accepterais à une condition, dis-je.

— Vous dites ? C'est moi qui donne et c'est vous qui m'imposez une condition ?

— Même très dure.

— Allez-y, puisque vous y tenez.

— Si je prends votre argent, promettez-vous de laisser à moi-même et à mes collaborateurs toute la responsabilité de la revue ?

— Vous avez l'air d'oublier que c'est le père Meunier qui paie.

— Je ne l'oublie pas. Seulement, je pense qu'on ne saurait remplir une mission et suivre une ligne droite avec un boulet au pied.

— Il serait peut-être bon que j'aie l'œil à vos affaires. Vous pouvez être intelligent et ne rien entendre à l'administration.

— Remarquez que je ne vous blâme pas. Vous avez raison de surveiller l'emploi de vos sous. Aussi n'ai-je pas même remué le petit doigt pour obtenir une faveur de vous. C'est mademoiselle votre fille qui a pris l'initiative. Je l'en remercie, mais sa proposition me semble irréalisable.

— Vous êtes une mauvaise tête. Pas de sens pratique du tout ! À votre place, j'aurais sauté à pieds joints sur une chance comme celle-là ! Vous n'irez pas loin avec vos idées d'indépendance. Dans la vie, il n'y a jamais d'indépendants !

Meunier était dans son droit et sa logique me confondait. J'étais déterminé à refuser, mais, de peur de l'irriter davantage, je me taisais. Dorothée, qui n'avait rien dit jusque-là, intervint :

— Papa, vous avez beaucoup de bon sens quand vous parlez d'affaires, mais, dans les idées, vous vous perdez. Ce n'est pas à M. Hubert que vous donnerez votre argent, c'est à moi. La revue, je vais la fonder. Elle m'appartiendra et j'aurai le droit de la donner à qui je voudrai. En attendant, voici mon collaborateur (elle me désignait). Il n'aura de comptes à rendre qu'à moi. Vous acceptez ?

— Même dans ces conditions, j'hésite, car j'aurais l'air de vivre aux crochets d'une femme.

— Max Hubert, vous ne savez donc pas ce que vous voulez ? Voulez-vous être associé à quelqu'un, oui ou non ? Et puisqu'il vous faut des associés, que vient faire ici la question du sexe ?

Nous nous regardâmes en riant. La partie était gagnée.

Meunier sonna un domestique :

— Du champagne et des verres ! ordonna-t-il.

XII

Trois ans après la fondation du *Vingtième Siècle*, j'avais réussi à grouper autour de nous, à l'aide de quelques collaborateurs intelligents et courageux, douze à quinze mille civilisés, que passionnait notre entreprise de libération.

Pour la première fois, en ce pays de l'impersonnel et de l'artifice, où seule la pensée officielle avait eu droit de cité, paraissait une publication vraiment libre, ouverte à toutes les opinions sensées, rompant le conformisme accepté, depuis un siècle et demi, par le troupeau servile ou terrifié.

En art, en littérature, en doctrine sociale, politique, économique, nous avions l'exclusive supériorité de n'être pas liés et ficelés. La raison était presque toujours de notre côté. Seuls contre tous, nous avions aisément le dernier mot, car une idée juste prévaudra toujours, à la longue, contre mille idées fausses.

Mais le grand nombre nous échappait. La vérité n'a pas souvent satisfait les masses. Enseignez aux hommes des choses claires, simples, presque évidentes, ils ne vous écouteront pas.

Présentez-leur des fictions, des contes, une philosophie fondée sur l'imaginaire, affirmez le tout avec force et conviction, et vous aurez la certitude non seulement d'être cru, mais de vivre des siècles dans leur reconnaissance.

Ne blâmons pas l'humanité d'être ainsi faite. La nature et le bon ordre l'exigent peut-être. Laissons la calme et impassible lumière faire lentement, très lentement, son travail de régénération.

Il nous suffit d'ouvrir à quelques milliers d'âmes les rares fenêtres qui donnent sur l'horizon clair du monde. Les autres, incarcérées dans le noir, sous les souffles humides et délétères de l'ignorance, finiront, elles aussi, par monter vers la clarté.

Nous eûmes d'étranges luttes à soutenir. On sait que la littérature de ce pays n'a jamais admis, dans ses livres, l'existence de l'amour ou d'une grande passion. Les divers essais publiés jusque-là se bornaient à une plate sentimentalité, à des bucoliques calquées sur Virgile ou l'abbé Delille, à des descriptions d'écoliers et à des prédications à la Savonarole.

Hermann Lillois, jeune homme de talent, qui entra plus tard à notre revue, avait été le premier, dans un roman vigoureux, à découvrir et à disséquer l'amour en sa complexité charnelle comme en ses mystiques élans vers le surhumain idéal. Tout de suite, un séminariste de Laval, critique à la mode, dans un périodique de son institution, avait condamné l'œuvre sous prétexte d'immoralité. Il recommandait à la jeunesse de s'en abstenir. Seuls les vieillards, probablement de la race même de ceux qui avaient couvé Suzanne de leurs regards lubriques, avaient droit de se repaître des chaudes et vivantes pages où Lillois avait fait passer son souffle ardent.

Le *Vingtième Siècle* prit fait et cause pour Lillois. Dans notre réponse, nous posions nettement la question de la moralité et demandions ce qu'il adviendrait de l'art universel, s'il fallait s'en tenir à certaines exigences de bonzes.

Il faudrait supprimer à peu près toutes les lettres grecques et latines, qui sont à la base de nos études classiques; il faudrait faire disparaître, en tout ou en partie: Rabelais, Montaigne, Molière, Shakespeare, Goethe; les trois quarts du dix-huitième siècle, puis Balzac, Hugo, Musset, les Daudet, père et fils, Baudelaire, Maupassant, Verlaine, Flaubert, France, d'Annunzio, Byron, Shelley, Tolstoï, Ibsen et cent autres talents ; il faudrait mettre à l'index la Bible, à cause de multiples passages d'une crudité capable d'effaroucher les moins pudiques ; il faudrait jeter par terre les musées de Paris, de Rome, de Florence, de Vienne, de Berlin, de Londres, de New York et d'ailleurs ; il faudrait réduire en poussière les restes de la statuaire grecque, qui est entièrement nue, mettre au feu mille tableaux, chefs-d'œuvre immortels, produits depuis la Renaissance jusqu'à nos jours, anéantir même une partie de l'œuvre des musiciens. Bref, s'il fallait invoquer les préceptes rigides de quelques-uns des nôtres, le trésor artistique du monde périrait, le monument le plus gigantesque de la Beauté exprimée, témoignage merveilleux de la culture du passé, croulerait sous les coups de bélier des barbares.

Mais cela n'est pas arrivé, cela n'arrivera jamais, parce que l'humanité et la nature se rient des opinions comme le cap Éternité se moque des quatre vents. Aucune défense sectaire n'a réussi, au cours des milliers d'années de vie humaine, à tuer le ferment de l'art. Car ce ferment, à travers les siècles, n'a cessé de faire le désespoir des ennemis de la vie. L'œuvre a survécu, toujours plus belle et plus admirée, indestructiblement comme un reflet de l'Incréé, tandis que le monde oubliait ou méprisait les idées et les hommes acharnés à la détruire.

Des plaidoyers comme ceux-là, et bien d'autres, excitèrent les colères des sectes et des petites chapelles littéraires, où l'on soutenait que Chapman et Tardivel avaient tout de même existé. Le partage des amis et des ennemis se fit enfin, et nous allâmes notre chemin.

À quelque temps de là se produisit un incident qui m'émut et me troubla. Parmi les pontifes de la littérature québécoise se trouvait le brahmane des lettres canadiennes, Nicéphore Gratton, petit homme malingre, bilieux et myope, qui avait publié des poèmes, des romans, des nouvelles et des biographies, tout en couvrant de sa prose trois ou quatre revues bien pensantes.

Depuis des années, la critique avait consacré son apostolat. On ne pouvait parler de lui, dans les journaux, sans employer les épithètes de « talentueux », « génial », « fécond », « puissant », « irrésistible ». Il avait su démontrer en cinq volumes de trois cents pages chacun que les bons sont récompensés même en ce monde et que les méchants sont punis. Ce traité lui avait valu la médaille du lieutenant-gouverneur. Ses divers poèmes sur « Le pont de chez nous », en trois cents vers de douze pieds, sur « Le sapin de la maison grise », en trois sonnets successifs, et sur le « Caquetage des poules paternelles » l'avaient fait élire prince des poètes, titre qu'il portait d'ailleurs modestement. Deux de ses romans : *Le retour à la terre* et *L'enfer des villes tentaculaires* lui avaient rapporté chacun, à trois années de distance, mille dollars en prix du gouvernement. Il était une gloire panthéonisable. Des amis se chargèrent même de porter sa renommée au sein de l'Académie française, qui, sous la signature de M. René Doumic, couronna son œuvre.

Son dernier ouvrage, *Histoire romancée de Sainte-Rose-du-Dégélé*, me tomba, par hasard, sous la main. Pour la première fois j'avais l'honneur d'apprécier le prodigieux Nicéphore. Le livre commençait par une invocation aux esprits des ancêtres : « Âmes de nos aïeux, enterrés pour l'éternité dans le sol que vous arrosiez de vos saintes sueurs, inspirez les accents d'un fils reconnaissant qui veut immortaliser vos travaux, vos souffrances et vos gloires. » Le reste était à l'avenant. On eût dit que tous les pompiers du monde s'étaient réunis, lance au poing, pour arroser et délayer ce style national. À la fin du dernier chapitre, on concluait par la citation de la première strophe de l'*Ô Canada*, dont les vers, dus à l'inspiration du juge Routier, m'ont parfois semblé d'une banale solennité.

J'exécutai consciencieusement l'auteur et son livre. « On mettrait, disais-je, toutes les idées de M. Gratton dans le fond d'un dé à coudre que ce serait encore vide. Quant au style, il serait excellent si l'auteur avait appris les rudiments de la langue et s'il coulait en ses veines autre chose que du sang de poisson. Tel qu'il est, ce style est celui d'un eunuque. »

Une polémique s'engagea. Les journaux bien pensants me prirent violemment à partie. Une revue universitaire m'abreuva d'injures et m'intima l'ordre, sous les pires menaces, de dire ce que j'entendais par eunuque. Je répondis de mon mieux, donnant les définitions que je connaissais, expliquant que j'admirais sans réserve la courageuse virilité de l'auteur. Je savais que celui-ci, tout difforme et repoussant qu'il fût physiquement, se vantait à tout venant de ses bonnes fortunes. Mais sa femme, disaient les mauvaises langues, était encore vierge après vingt ans de mariage.

Il est, hélas ! des êtres qui ne souffrent pas l'ironie. Habitué à l'encens, Nicéphore reçut les critiques comme autant de coups de massue. Il en fut terrassé.

Il passa consécutivement quinze nuits blanches. Dans son sommeil, il se mettait tout à coup à hurler : « À l'assassin ! À l'assassin ! » À la fin de la quinzième nuit, il était complètement gaga.

Ce matin-là, je le vis arriver au bureau, sombre, hagard. Ses verres épais, son nez bourgeonnant et sa chevelure hirsute lui donnaient un aspect vraiment extravagant.

— Qui vous amène de si bonne heure ? lui dis-je.

— Je viens de la part du bienheureux Bérard Rosemond, répondit-il. Il vous prie de lui rendre le royaume du Canada, que vous venez d'enlever à notre société littéraire.

Je crus qu'il plaisantait.

— J'avais l'impression, lui dis-je, que votre royaume n'était pas de ce monde ?

— Malheur à vous qui riez maintenant, car demain vous pleurerez.

Je le regardai plus attentivement. La flamme trouble de ses yeux m'avertit qu'il délirait.

— Sortez d'ici ! m'ordonna-t-il.

Ce disant, il tira de sa poche un revolver qu'il voulut braquer vers moi. D'un bond, je fus sur lui et le désarmai.

Le soir, il entrait à l'asile en murmurant sans cesse : « Malheur à vous ! Malheur à vous ! Bérard Rosemond est avec moi ! » Ainsi sombra l'auteur de tant de chefs-d'œuvre. Le lendemain, on disait un peu partout que j'avais commis un véritable assassinat moral. On ajoutait : « Le Canada français n'a pas de chance avec ses génies ; ils deviennent tous fous. »

XIII

Ces histoires passionnaient Dorothée. Elle venait quotidiennement à la revue, dont nous discutions intarissablement. Vers la fin du jour, nous allions souvent visiter, en automobile, un coin des Laurentides. La première de ces promenades, au début de notre intimité, m'avait valu une joie dont je vibre encore.

On avait passé la ville basse, franchi la rivière Saint-Charles par le pont de Limoilou, puis traversé le quartier d'Assise, si bourgeois et si rangé, puis Charlesbourg, et l'on avait ensuite piqué droit vers les montagnes. Tous les Québécois connaissent la gaîté éparpillée sur cette route bordée du jardin zoologique, de la fine chapelle de Notre-Dame-des-Laurentides et du bleu lac Clément.

L'automobile atteignit bientôt le minuscule village de Stoneham, couché au pied des monts, près de ses ponts rustiques, sous lesquels chantent des cascades. Là, le chemin oblique vers Tewkesbury. Nous nous y engageâmes. Le soir proche adoucissait déjà les tons orange, or, mauve, rouge et violet des arbres. Un voile diaphane tombait lentement sur les sommets lointains, un voile tissé de poussières infiniment subtiles et tout imprégnées de lumière. Plus près, les hauteurs se couronnaient d'un vert flou; plus près encore, un vert dur et froid que réchauffaient par plaques les couleurs vives des feuilles mortes. Au-dessus de ces nuances, dans le ciel occidental, un fauve incendie, un fleuve de feu, un salut triomphal du jour à la nuit qui venait.

À l'entrée des bois de Tewkesbury, il faisait déjà brun. Nous descendîmes de voiture pour cueillir des rameaux d'érable aux feuilles écarlates. Dorothée marchait à mes côtés et touchait mon épaule de sa chevelure. Je la regardais et la trouvais infiniment désirable. Dans la douceur du sous-bois noyé de clairs-obscurs, il me semble que cette femme s'incorporait à la nature et devenait un composé de toutes les vies végétales, animales et humaines que je sentais autour de moi.

C'était la première fois que je me trouvais seul avec elle. Je la pris toute dans mes bras et l'étreignis si fort que son petit corps se moula sur le mien de la tête aux pieds.

— Max, me dit-elle, je sens que pas un des hommes que j'ai vus ne possède une âme comme la tienne. Je t'adore avec toutes tes pensées, toutes tes émotions, tous les mouvements de ton esprit et toutes les harmonies de ton être. Tu es mon père, ma mère, mon frère, ma sœur, mon enfant, mon tout et davantage. Je me fais une idée très haute de toi, et la pire déception de ma vie serait de te trouver, un jour, inférieur à elle.

— Petite Dorothée, je ne puis pourtant pas être à la hauteur d'un dieu.

— Oui, tu dis bien, un dieu. J'ai besoin d'un dieu terrestre à mes côtés, un dieu tangible à qui je vouerai un culte éternel.

Je murmurai, comme me parlant à moi-même :

— On n'est parfait que par la pensée et par l'amour. Tu comprends la grandeur de cet idéal.

— Penser, aimer ! Puis agir suivant sa pensée et suivant son amour. Toute la vie est là. Si tu t'en tiens à ces deux fonctions, qui sont le principe de toute conception intelligente et de toute action élevée, je ne cesserai jamais de t'aimer. Quoi qu'il advienne, je me confondrai avec toi comme la chaleur avec la lumière. Tes infidélités mêmes ne me détourneraient pas de toi, car je saurais que les accidents de l'existence n'affecteraient pas l'essence de ton être. Si tu as la force de mépriser les totems et les faux dieux auxquels on sacrifie des millions d'hommes, j'aurai, moi aussi, le courage de marcher à deux pieds sur le cœur artificiel que nous font les mensonges de l'ambiance, et je me réaliserai toute en toi, âme et chair.

— Je jure qu'il en sera comme tu dis.

— Et maintenant, Max, puis-je te poser une question ?

— Je veux bien.

— Penses-tu qu'il soit nécessaire de nous épouser pour nous aimer ?

— Évidemment non.

— Alors, veux-tu, nous attendrons quelques années avant de river nos chaînes ?

— J'avoue que ce langage, dans la bouche d'une jeune fille, me jette dans l'étonnement.

— Je parle ainsi parce que je chéris cette liberté que nous avons d'être l'un à l'autre sans contrainte, sans contrat. Comprends bien ! Le jour où l'un de nous pourra dire à l'autre : « Maintenant, tu n'as plus le droit de ne pas aimer », ce jour-là…

— Ce jour-là, le devoir voudrait peut-être régenter l'amour, et l'amour se cabrerait.

— N'est-ce pas ? Et puis, j'ai vingt-deux ans à peine. J'en avais dix-huit lorsque je quittai le pensionnat. Les religieuses, grandes dames, tenaient du dix-septième siècle plutôt que du vingtième. Elles créaient autour de nous une atmosphère de Sévigné et de Fénelon. Elles nous apprenaient à faire à la Maintenon un salut qui ferait éclater de rire toutes les Amériques. Vivant dans ce milieu de contraintes, sans aucune initiative personnelle, j'étais une chose inerte, passive, purement réceptive. Le dimanche, au parloir, je ne voyais mes parents qu'à travers des grilles de fer, et, pour les embrasser, il me fallait allonger les lèvres dans de petits trous si froids... Brrr! Laisse-moi prendre plus pleinement conscience de moi-même. Je ne changerai pas. S'il m'arrivait jamais de ne plus t'aimer, je ne croirais plus à rien, je douterais de ma propre existence.

Plus j'écoutais Dorothée, plus je m'étonnais de découvrir en elle une femme toute différente de celle que j'avais connue d'abord. De primesautière, violente et autoritaire, elle me paraissait mystique, rêveuse, irréelle.

XIV

Par cette nuit d'hiver, j'assistais, en compagnie de Dorothée et de Maryse Gauty, au bal annuel des courses de chiens, événement principal du carnaval. Après quelques danses étourdissantes, nous avions admis quelques instants à notre table le vainqueur du derby, un petit homme brun, trapu, au visage crevassé. Pas très âgé, mais balafré par les durs travaux des bois et les fatigues du trappeur. Il se nommait Girardin. Comme je le félicitais du succès de ses bêtes, il me répondit, un peu gris:

— Je les aime, mes chiens, moi, vous savez. Ils m'aiment aussi. C'est pour ça que je gagne. Un cri du « boss » et ça leur met le feu au derrière. Tenez ! J'attelle d'abord mes six mâles, et, devant, je fais courir ma chienne, Nelly. Je dis : « En avant, arche ! » Et un bon coup de collier ! Le diable les emporte. Les mâles aiment courir après une femelle. Nelly ne leur donne pas de chance. Elle tire mieux qu'un cheval. De temps en temps, la langue pendante, les crocs sortis, elle se retourne, comme si elle riait des chiens. Puis elle repart au trot : venez les dogues, rattrapez-moi !

« Je mène ça tout l'hiver dans la forêt. Ça me connaît, allez ! Si vous voyiez les portages maudits que font ces chiens-là dans une journée ! C'est incroyable. Je ne les emmène pas tous ensemble, mais deux à la fois. Nelly vient presque toujours. Sans elle, je serais mort depuis longtemps. Un jour que, pour couper au plus court, je traversais le lac des Vases, dans le haut de Saint-Raymond, voilà qu'une grande masse de neige cède sous le traîneau. Je me sens enfoncer dans une mare qui n'avait pas moins de quinze pieds de creux. C'était un trou d'eau chaude, où il ne se fait pas de glace. Je crie à me briser le gosier : « Nelly ! Arche ! » Quel cri ! On a dû l'entendre à trois milles de là. Nelly a compris. Un bon coup de jarrets, un saut, une seconde, et je suis hors du trou, sauvé ! J'ai sauté au cou de Nelly, je l'ai embrassée comme un fou. Elle me léchait la face et elle en bavait tant elle était contente. Je vous le dis, des chiens comme ça, c'est mieux que du monde !

Pendant ce récit que la mimique du narrateur rendait très pittoresque, je regardais Maryse et me plaisais à détailler la tournure de ses traits. Elle était belle, pas autant que Dorothée, mais différente. Celle-ci s'aperçut-elle de cette complaisance ? Je le crus un temps, bien que les événements m'aient fait voir mon erreur. Maryse avait de l'esprit, de la lecture et le don de plaire. Elle causait joliment.

Les poètes français, surtout les modernes, lui étaient familiers. Les romanciers les plus à la mode n'avaient pas de secrets pour elle. À ce commerce de choix, elle avait acquis une élégance d'expression qui plaisait, une psychologie qui la maintenait en équilibre sur cette frontière de l'amour qu'on appelle le flirt. Ses lectures et son bon goût lui tenaient lieu d'originalité. Elle avait vingt-huit ans, un visage de blonde à l'ovale finement allongé, un corps d'éphèbe, presque sans courbes. Ses grands yeux, d'un bleu candide, la rendaient attachante. Derrière ces yeux-là, quelque chose de dur et d'inquiétant.

La danse s'avivait à mesure qu'avançait la nuit. L'orchestre jouait une musique endiablée, musique des nègres. La vengeance du Noir sur le Blanc d'Amérique fut de lui donner son art enfantin, ses gambades, ses cris de bête en rut.

Les couples tournaient dans des rayons colorés que lançaient sur eux des réflecteurs puissants. Dans les remous des danseurs, la lumière faisait une mosaïque de nuances. Le rouge de l'amour ondulait avec la foule comme une vague de feu. Puis le bleu, un bleu de clair de lune, versait l'ivresse d'un rêve de demi-nuit. Brusquement, un vert cru, une pluie livide. Les visages alanguis faisaient des reflets de cadavres de saints en extase, tandis que les rieurs s'épanouissaient en grimaces méphistophéliques. Les faces de l'amour et de la mort, toujours inséparables, passaient devant mes yeux.

Chacun revenait à sa table pour le souper de minuit et demi. Des Américaines et des Américains, déjà gris, faisaient sauter à grand bruit les bouchons du champagne. Quand ça pétait pas assez à leur gré, ils complétaient le concert avec leur bouche. On entendait un peu partout: « Champéégne! Champéégne! » Ces gens ne savaient pas boire. Ils ne dégustaient pas, ils ingurgitaient. Un grand paillasse bostonais monta sur une table, au milieu des plats – affaire d'habitude –, débita un inintelligible réquisitoire contre l'abus des boissons fortes et hurla: « *Hurrah for prohibition!* » Illustrant la théorie par l'exemple, il absorba une dernière rasade et croula en bas de la table, au milieu des argenteries et des porcelaines cassées.

Comme j'observais ce spectacle, je me sentis poussé dans les reins par une jeune Américaine, fort jolie.

— J'espère, fit-elle, que cette fête finira par une saoulerie générale.

— C'est bien commencé.

Dorothée et Maryse se montraient amusées et surprises de tant de sans-gêne. Nous étions bien déterminés à ne pas répondre à ces avances trop aimables, mais l'étrangère me poussa de nouveau du coude:

— Dites donc, vous ne prendriez pas une coupe de champagne avec nous?

— Merci! dis-je, le cognac nous suffit.

L'Américaine reprit franchement:

— Vous ne voyez donc pas que nous brûlons, mon copain et moi, de nous joindre à vous ? Vous allez rire. Je commence à voir tourner les tables, le monde, le plafond, tout. Comme c'est drôle, le vin français ! Tout à l'heure, nous allons faire l'amour à la française, vous savez. Quand on prend du vin, c'est Paris qui nous entre dans le sang.

Les présentations se firent : nous apprîmes que l'étrangère s'appelait Kathleen Ross, et son compagnon, Jack Murphy.

— On m'appelle aussi « *Little Lady Vagabond* », dit Kathleen, à cause de mes voyages.

Jack ne disait rien, se contentant de regarder, dans un hébétement mêlé d'admiration, les deux femmes assises à mes côtés. Après quelques minutes de silence, il murmura simplement :

— *Lucky Frenchman ! Lucky Frenchman !*

— *You know, Jack is a wolf, but I am not jealous.*

La conversation glissait sur l'interminable pente de la jalousie, quand une femme de la meilleure société québécoise traversa le parquet en titubant comme un pochard et criant :

— Où est Thomas ? Où est-il, ce coquin de Thomas ? Faut-il être bête pour me planter là, toute seule, comme une sainte Anne dans sa niche.

À ce moment, un homme âgé d'un peu moins de quarante ans, d'une certaine élégance, s'avança du fond du dancing, se dirigea vers la femme qui l'appelait, la saisit au poignet et la força brutalement à s'asseoir.

— Je déteste cet homme, fit Dorothée.

— Qui est-il ? demandai-je.

— Thomas Bouvier, un ami de mon père.

À notre ébahissement, cet individu se dirigea vers notre groupe. Il avait bu plus que de raison, et ses yeux louchaient dans sa physionomie vulgaire et sans noblesse.

— Bonsoir, la fille à Luc Meunier ! lança-t-il à Dorothée. As-tu vu cette garce me faire une scène devant tout le monde ? Comme si j'étais obligé de faire le tour de toutes les tables en la flanquant à mon côté…

Nous étions atterrés. Il continua :

— Je ne comprends pas comment il se fait que toi, fille d'un homme riche comme ton père, tu sortes avec ce jeune va-nu-pieds.

Il me montrait du doigt.

— Tout à l'heure, si tu as de l'esprit, tu danseras avec moi. Ne suis-je pas le meilleur ami de Luc, ton honnête papa ? Après, je te ramènerai à la maison. J'ai des choses intéressantes à te dire… Quant à ce petit, laisse-le avec la Gauty. C'est la *flapper* qui lui convient.

Dorothée se tourna vers moi avec un air de dégoût et de supplication. La colère me montait au visage.

— Vous allez, dis-je au fâcheux, me faire le plaisir de retourner à votre place, et tout de suite. Quand vous serez dégrisé, je vous dirai ce que je pense de vous.

— Tu oses dire que je suis saoul, moi, Bouvier ? Tu vas voir comment je la porte, ma boisson.

Il levait la main sur moi et je me mettais en garde, quand Jack, qui n'avait pas desserré les dents de toute la scène, administra à Thomas un uppercut qui l'envoya rouler sur le parquet, à dix pas plus loin.

Au milieu d'un chahut indescriptible, l'ivrogne se releva, la face congestionnée. Le maître d'hôtel fit signe à deux garçons de table :

— Emmenez-le, dit-il.

Avant de disparaître, Thomas s'écria :

— Toi, Hubert, tu me le paieras ! La fille à Luc, tu ne l'auras jamais ! J'y vais, chez Luc !

XV

Dorothée, très nerveuse, demanda à rentrer. Pressentait-elle un malheur ?

— Cet homme peut faire du drame, dit-elle. Il est jaloux. Il rôde autour de moi depuis ma sortie du pensionnat, et je me cache de lui comme d'un oiseau de proie. L'autre jour, je l'ai entendu qui disait à mon père qu'il aurait cessé, depuis longtemps, d'être célibataire, s'il avait trouvé femme comme moi.

— Ce dégénéré peut-il oser ?

— Il ne lui sert à rien d'oser, mais je crains son influence sur mon père, qui l'a toujours subie.

Nous nous quittâmes.

Quelle ne fut pas ma surprise, le matin suivant, de recevoir ce billet :

Mon cher Max,

Sois courageux comme je voudrais l'être. Une catastrophe s'abat sur nous. De graves événements, que tu dois ignorer coûte que coûte, me forcent à te prier de ne plus me revoir.

Ne cherche pas à savoir. Aucune explication n'est possible entre nous. Il s'agit d'un secret que je ne livrerais pas même au prix de ma vie.

Veuille croire que tu n'y es pour rien et que je t'aime plus que tout au monde. Je n'en aimerai jamais un autre. Puissé-je un jour t'en donner la preuve.

Pauvre cher Max... Je viens d'éclater en sanglots.

Je t'adore, mais ne viens plus ! Adieu !

Ta Dorothée.

C'était vraiment le coup dur ! D'abord, dans tout mon être, hébétement et stupeur. Aucune réaction violente, mais un silence de fin de tragédie. Combien dura cette prostration ? Dix, vingt minutes ? je ne sais pas. Je croyais rêver. Tournant et retournant entre mes doigts cette lettre maudite, qui avait l'air d'un décret du destin, je me demandais quand viendrait le réveil.

Il fallut bien me rendre à la réalité, hélas ! Mais, l'instant d'après, je me reprenais à douter et à me demander si je n'étais pas le jouet d'une plaisanterie macabre. J'eus l'idée de téléphoner, puis je me ravisai, me disant qu'on ne règle pas par téléphone des questions comme celle-là. Il vaut mieux écrire, me disais-je. Je traçai les mots d'une lettre insensée dans laquelle je reprochais à Dorothée son inconcevable décision, et je terminais par cette mise en demeure : « Ou vous ne m'aimez pas ou vous me cachez un terrible secret. Vous me devez la révélation de ce secret, s'il existe, ou bien vous aurez la franchise de me dire que vous ne m'aimez pas. »

Un messager alla servir ce billet et fut prié de me rapporter la réponse.

Il revint, une heure plus tard, avec une enveloppe qui m'était adressée. J'ouvris celle-ci fiévreusement et lus :

« Il vaut mieux que je vous dise que je ne vous aime pas. »

C'était tout. La rédaction même de cette note signifiait assez que Dorothée était bâillonnée. Dans mon affolement, je ne lus que les derniers mots, sans tenir compte des autres. Je tombai dans le désespoir. Il me sembla que ma vie s'en allait, s'écoulait de moi, que je me vidais de ma substance. Ma faculté de penser, mon énergie, mon imagination, plus rien de cela n'existait. Je chavirais dans une nuit. J'étais aboli.

Le soir, je me jetai au lit de fort bonne heure. Je pleurai. Les écluses étaient rompues. La crise finie, la tête me faisait mal ; je la sentais plus lourde. Mille suppositions, toutes plus absurdes les unes que les autres, se heurtaient aux parois de mon cerveau douloureux. J'avais envie de rugir pour chasser toutes ces pensées crucifiantes.

Très las, j'eus recours à un somnifère. Mes divagations nocturnes m'apportèrent une vision d'une cruauté inouïe.

Je m'étais égaré dans une forêt noire.

Un homme marchait à mes côtés, un homme grand, osseux, maigre, drapé dans une robe lourde comme une chape d'acier. Il ressemblait à Bouvier. Sa figure, hormis ses yeux, des yeux immenses et violets, était à peine visible.

Comme il était méchant et dur, il avait composé des plaisirs barbares, mais d'une tragique beauté.

Magnétisé par son regard hallucinant, je le suivais, et je savais qu'il me conduirait vers des spectacles d'une grandeur morbide.

Par un sentier bordé d'iris et d'orchidées, l'homme sinistre me mena au bord d'un lac très clair et très bleu.

De l'autre côté parurent des enfants, de tout petits enfants au teint pâle, qui marchèrent jusqu'au rivage et se rangèrent en une attitude de condamnés. Dans leurs frêles mains bleues, ils tenaient des glaïeuls.

Sur un signe de mon compagnon, ils entrèrent dans l'eau, doucement, doucement.

Leur figure était aussi belle que douloureuse, leurs yeux, exorbitants et mauves.

Peu à peu, ils s'enlisèrent. Leurs genoux disparurent, puis leur ceinture, puis leur poitrine, puis leurs épaules, puis leur bouche triste, puis leur front.

Bientôt, on ne vit plus flotter, comme des nénuphars, que leurs boucles blondes, qui s'effacèrent à leur tour, alors que les petites mains immobiles, au-dessus des eaux, tenaient toujours les glaïeuls.

Une fillette de sept ans était restée debout sur le rivage. Elle s'avança à son tour, seule, et quand on ne vit plus que ses petites mains tremblantes à la surface, toutes les autres petites mains rentrèrent dans les profondeurs.

L'homme, impassible, continua sa route. Et je le suivais dans une forêt de plus en plus sombre.

Au-dessus de nos têtes, de grandes cordes blanches comme des bras nus étaient tendues d'un arbre à l'autre.

Intrigué, je touchai l'une des cordes et je sentis palpiter sous mes doigts des nerfs vivants. Ces câbles étaient des branches charnelles, sensibles comme des membres humains. Les arbres qui les tendaient vivaient et souffraient comme des êtres de chair et de sang.

Mon compagnon s'amusait à les tordre au passage, et, sous ce toucher brutal, chaque arbre poussait un cri. On eût dit une musique funèbre.

À un carrefour, nous nous reposâmes un peu parmi les glaïeuls et les iris. La nuit était devenue noire comme de l'encre, mais nous pouvions percevoir, par miracle, les objets qui nous entouraient.

Sans bruit, un homme nous avait rejoints. Il portait une robe en forme de sac noir. On ne voyait que sa tête et le bout de ses mains.

Tout à coup, par enchantement, quatre autres hommes, tout pareils au premier, surgirent à nos côtés.

La lune parut, et les hommes mystérieux, d'un geste lent, enlevèrent la peau de leur visage et la roulèrent comme un gant dans le creux de leur main. Il ne resta plus d'eux que des squelettes, portant au bout de leurs doigts rougis de sang la peau froissée de leur face.

En un rire à donner la chair de poule, ils ordonnèrent à mon cruel compagnon de route de périr de la même façon qu'il avait fait mourir les petits enfants.

Lui ne parut pas étonné et resta impassible.

Eux, après un nouveau rictus, remirent sur leur visage leur peau, qui se recolla sur les os. Et ils redevinrent humains. Ils entrouvrirent les rideaux de la forêt et nous laissèrent passer sous une arche de chair végétale. Mille voix railleuses sortaient des troncs d'arbres.

Sur la rive, les inconnus se rangèrent près de l'eau, tandis que l'homme monstrueux glissait dans le lac, doucement, en tenant des glaïeuls. Quand le flot couvrit sa chevelure, en bouillonnant de son dernier souffle, les hommes, qui le regardaient, éclatèrent de rire.

Douze petits enfants, ceux-là mêmes qui s'étaient engloutis tout à l'heure, reparurent à la surface, tenant toujours des glaïeuls, et, parmi ces cadavres, je crus reconnaître celui de Dorothée.

Le cauchemar s'évanouit avec le lever du soleil. Mes yeux, en s'ouvrant, chassèrent la vision d'épouvante.

Brisé par la nuit, je sonnai ma vieille bonne, Philomène, et lui demandai mon café. D'ordinaire, je ne lui adressais jamais que des ordres. Cette fois, je lui demandai :

— Philomène, la vie est mauvaise, n'est-ce pas ?

— Je vous cré, m'sieur, qu'elle est méchante. Y a du monde pour martyriser les autres. Mais vous, vous êtes un ben bon garçon.

— Merci, Philomène ! Ton bon sourire me remet du rêve horrible que j'ai fait cette nuit, un rêve où l'innocence et la beauté étaient victimes de la méchanceté du monde.

XVI

Je vécus le mois le plus pénible de ma carrière. Comment me faire à l'idée de ne plus voir ma bien-aimée ? Au cours des derniers mois, nous avions eu une existence presque commune. Trois soirs la semaine, elle venait dans mon appartement, où nous bavardions des heures. Elle s'assoyait sur ma table de travail, dérangeait mes papiers, allumait une cigarette, riait de mes moindres facéties, puis redevenant sérieuse, me posait les questions les plus inattendues.

Maintenant qu'elle ne venait plus, je me rappelais ses longues conversations. L'une de celles-ci me hantait particulièrement, parce qu'elle ne remontait qu'aux derniers temps de notre amour.

Pendant qu'elle laissait tomber une à une les pièces de son vêtement, elle disait :

— Me trouves-tu vraiment belle ?

— Je ne cesse de te le dire.

— C'est parce que tu me trouves belle que tu m'aimes, n'est-ce pas ?

— Un peu pour ta beauté et beaucoup pour autre chose. Si tu étais sans esprit et sans âme, tu aurais les traits de Cléopâtre que je ne t'aimerais pas.

— Je te poserai la question autrement : si j'étais laide comme la petite bossue Léontine, avec, dans la bosse, tout l'esprit de Madame de Sévigné et les dons poétiques de la comtesse de Noailles, est-ce que tu m'aimerais quand même ?

— Mais, oui... mais oui... je t'aimerais... autrement. Mais tu n'es pas bossue, et ta supposition est absolument absurde, presque déloyale.

— Je t'y prends, mon grand Max. Les femmes laides te rebutent, tu viens de l'avouer. Je te connais. Tu es fou de belles choses. Tu as un goût à faire trembler toutes les femmes désireuses de trouver grâce devant toi. Chez toi, tu n'admets pas une créature laide, même sur un tableau de maître. Un simple bibelot mal placé te brûle. Tu détournes la vue des vieilles qui passent dans la rue, parce que tu as peur d'y voir l'image à venir de toutes les femmes ? N'est-il pas vrai ?

— Peut-être… et après ?

— Après ? Quand on entre chez toi, qu'est-ce qu'on voit ? Des gravures de femmes splendides, sentant la jeunesse, la joie, et élancées, et sveltes, et élégantes… De grandes blondes à fine taille, aux joues rondes, à tempérament sanguin, capables de demander beaucoup d'amour et d'en donner autant… Regarde la femme aux lévriers blancs, par exemple, celle que le peintre intitule *Joie de Vivre*… Et les baigneuses, est-ce que leur rire, sur des dents de petites louves gourmandes, n'est pas une provocation ? Et l'arbre sous lequel elles se baignent, ce vieil arbre, n'a-t-il pas l'air de l'un des vieillards de Suzanne ? De même pour la Marguerite de Faust, la pudique Margot qui, un livre de messe à la main, reluque, avec une complaisance secrète, le séducteur… Ton goût va jusqu'à l'admiration d'un Greuze assassin, dont les formes nues, intitulées *La douleur*, pourraient porter un autre nom…

— À quoi veux-tu en venir ?

— À ceci : ce n'est pas le souci du grand art qui t'a guidé dans le choix de tes tableaux, mais la fascination des très belles et très jeunes femmes. C'est pour ça que tu préfères des peintres de second ordre à des maîtres.

— Il y a une part de vrai dans tes paroles. Qu'est-ce que ça prouve sinon que tu es fort belle, puisque, ayant de pareils goûts, je te mets au-dessus de ma vie même ?

— Je ne serai pas toujours belle. Je vieillirai. Quand tout ce qui fait ma beauté… physique sera disparu, tu ne voudras même plus me regarder.

— Dorothée, tu me fais là une question qu'une femme ne devrait jamais poser quand, comme toi, elle a devant elle vingt années à venir de beauté, de jeunesse et d'amour.

— Et après vingt ans ?

— Nous aurons vieilli tous les deux ensemble. Le meilleur de notre jeunesse, nous l'aurons dépensé l'un pour l'autre, l'un par l'autre, et si l'ardeur du printemps ne nous consume plus, nous vivrons en une amitié si forte, si tendre, que nous éprouverons une joie sereine, et bien douce, à nous acheminer, la main dans la main, le cœur débordant de souvenirs comme une urne pleine de parfum, vers la fin qui nous attend tous… Et puis n'en parlons plus !

— J'y pense, moi, même beaucoup. Je me demande ce qu'il faudrait faire pour garder tel qu'il est, avec tout son feu, toute sa richesse, le sentiment que nous avons l'un pour l'autre. Qui sait ? Si je disparaissais tout d'un coup, en pleine jeunesse, si je t'abandonnais là, avec l'image unique de ce que je suis aujourd'hui, tu resterais amoureux de moi toute ta vie.

— Oui, je le resterais. Mais je préfère que tu restes, toi.

J'avais cru qu'elle plaisantait. Maintenant qu'elle était partie comme elle l'avait dit, je commençais à prendre cet entretien au sérieux.

XVII

Mon cœur, privé de son premier aliment, commença à se répandre au dehors. Le cercle de mes relations mondaines s'agrandit. Mes succès, comme journaliste et homme de lettres, me créaient des amis. Je n'avais que l'embarras du choix. J'allais vers ceux qui semblaient le plus aimer la vie ou qui nourrissaient ma curiosité d'esprit.

L'un de mes collaborateurs du *Vingtième Siècle*, Hermann Lillois, dont j'ai parlé précédemment, était très recherché dans le monde. Grâce à ses belles manières et à son talent de causeur, il jouissait, dans la ville, d'un prestige auprès duquel le mien pâlissait. Après le naufrage de mon amour pour Dorothée, c'est lui qui me guida en divers milieux où je me mêlai, non sans perversité, aux petits scandales de la bourgeoisie.

Hermann avait de la race et du charme. Je l'aimais bien, malgré ses défauts, dont le plus grave était un manque d'idéal causé par son cynisme desséchant. Grand, svelte, éblouissant causeur, paradoxal autant que logique, étourdissant d'anecdotes et d'esprit, gracieux sans cesser d'être viril, très simple et grand seigneur, il subjuguait hommes et femmes dès qu'il paraissait. Une belle tête d'intellectuel et de viveur. Ses yeux bleus, sous une paupière lourde et basse, étaient à demivoilés et avaient l'air, dans la fatigue de vivre, de tout comprendre sans effort.

On le conviait à tous les dîners fins, à toutes les fêtes. Plusieurs fois par semaine, lui, le sans-le-sou, le magnifique, il jouait avec les citoyens les plus cossus, perdait et gagnait de grosses sommes et souriait sans cesse. Rien ne l'ébranlait.

Quel contraste entre le Lillois d'aujourd'hui et celui que j'avais pêché, un jour, dans le remous des désœuvrés ! Muni d'une lettre de recommandation du consul de France, il m'était arrivé sous les dehors d'un aristocrate aux habits râpés, un de ces éternels charmeurs, dont le corps souple et harmonieux prêterait de l'élégance aux haillons.

— Tel que vous me voyez, dit-il franchement, je ne possède plus au monde que ce complet et ma chemise. J'ai besoin de travail.

— Qu'avez-vous fait jusqu'ici ?

— Rien.

— Que savez-vous faire ?

— Rien encore.

— Que voulez-vous que je fasse de vous ?

— Tout ou rien. Essayez toujours. J'ai beaucoup lu, beaucoup voyagé, beaucoup vu. Je suis sorti des études scolaires chargé de médailles, de prix et de brevets. Depuis, j'ai fréquenté des intellectuels, écrivains, artistes, savants, voire des ministres de mon pays. La vie intense a peut-être été, pour moi, une excellente école.

Je lui demandai ce qu'il entendait par la vie intense. C'était une provocation à des confidences. Et il se mit à parler de son passé en une si belle langue et d'une voix si prenante que je ne me lassai pas de l'entendre.

— J'ai vécu, disait-il. Vous savez ce que cela signifie. C'est donner un aliment à toutes ses facultés, à ses forces de penser, d'imaginer, de sentir, d'aimer. Toute la gamme des sensations, depuis le frisson de l'art jusqu'à l'avant-goût du suicide... Paris, Nice, Monte-Carlo, Deauville ; les plages mondaines, les réunions d'artistes, les séjours dans la solitude des montagnes, les péripéties de l'amour, les bons coups du hasard et les revers de fortune ont occupé mes dix dernières années.

« Quand j'en avais assez de la vie parisienne, je prenais le « train bleu » et filais vers le sud. Je jouais la moitié de mon avoir en une soirée, perdais ou gagnais avec le même stoïcisme, puis je rentrais aux petites heures du matin, en compagnie de gais lurons qui saccageaient mes meubles pour faire rire leurs maîtresses. J'appartenais, comme vous voyez, à cette génération de jeunes fous qui avaient fait la guerre et qui voulaient rattraper ainsi le temps perdu en souffrances, en alertes et en cafard dans les tranchées... J'eus même la fantaisie de noliser un yacht de luxe avec huit hommes d'équipage. Nos croisières sur la Méditerranée ! Un rêve ! Des couples charmants, de Paris, de New York, de Vienne, étaient mes invités. Parfois nous causions art et philosophie ; parfois nous faisions danser au clair de lune deux girls de burlesque que nous emmenions avec nous ; parfois nous passions des heures au soleil, dans le plus grand silence, absorbés chacun par la lecture d'un livre de choix. Puis les entretiens recommençaient, plus vifs que jamais. Ah ! comme nous causions bien dans ce temps-là ! Vous imaginez le luxe de vérités originales qui sortaient de tous les paradoxes livrés à la discussion d'hommes et de femmes de haute culture et d'infiniment d'esprit...

« Un jour, je m'aperçus que mes capitaux étaient fondus. Me fiant à ma bonne étoile, je jetai dans la spéculation les cinq cent mille francs qui me restaient. Je gagnai. Alors, ma confiance ne connut plus de bornes, et je doublai ma mise. Cette témérité me coûta cher : je perdis tout. Complètement ruiné, je pensai au moyen classique d'en finir, au suicide. Mais la femme que j'aimais m'en empêcha. C'est elle qui me conseilla de venir en Amérique, pour y oublier ce que j'avais été.

« Arrivé au Canada depuis deux ans, j'y ai brûlé, à la Bourse, mes derniers mille francs, puis je suis parti pour le nord, avec un prospecteur de mines qui me promettait le pactole avec sincérité. Ce sauveur mourut dans mes bras, sur un grabat de camp forestier, où la pneumonie le rongea pendant cinq jours. Trop pauvre pour revenir tout de suite vers la civilisation, je me louai, à cinquante sous par jour, comme bûcheron. Je ne pouvais abattre un arbre en moins d'une demi-journée, et on me nomma marmiton. C'est là que j'appris à peler des pommes de terre. Ce n'est que le printemps dernier que je suis sorti du bois, sale, déguenillé, maigri, sans le sou, et, chose phénoménale, très gai. L'aventure m'avait amusé ; je la trouvais formidable. Je me sentais aussi heureux que Candide. Épouvanté, éperdu, interdit, tout sanglant, tout palpitant, je me disais toujours à moi-même : « C'est ici le meilleur des mondes possibles. »

Il avait conté toute son histoire et attendait une réponse. Après cinq minutes de silence, pour me donner le temps de réfléchir, je lui dis :

— Candide, vous entrerez, dès demain, au service du *Vingtième Siècle*. Vous y trouverez peut-être le meilleur des mondes.

Il me serra la main avec effusion et s'éloigna.

Ce grand viveur à physionomie à la fois intéressante et inquiétante, ce raté au regard si fatigué, fallait-il l'envier ou le plaindre ? Chez ces bohèmes de carrière, pensais-je, la philosophie est d'une telle douceur, la compréhension des choses a tant d'étendue, la tolérance est si complète, qu'ils parviennent à se faire une joie du dénuement comme du faste. Ils ne connaissent pas la mesquinerie, l'absolutisme et l'agaçante précision de principes des petites natures. Ils sont humains, et, pour être humain, il faut être civilisé. Mais Hermann était un fruit trop mûr de la civilisation. Il en avait les vices aussi bien que les qualités. La plus grande saveur de la pomme fameuse est toute proche de la pourriture qui va commencer. Il en était ainsi de cet étranger qui venait de me quitter. Il n'était capable d'aucun enthousiasme, d'aucun emballement, d'aucun idéal. Tout au plus un culte très vif pour la beauté et une passion froide à jouer avec des idées comme on joue au ballon. La vie n'était plus, pour lui, qu'un sport, un excitant. Le sentiment bien net qu'il avait de la précarité de l'existence, de l'incertitude du lendemain et de la nécessité de jouir de la minute présente, de peur que la mort ne prît la minute prochaine, l'empêchait même d'agir en vue de l'incertain et inexistant avenir. Et il perdait ainsi son merveilleux talent. Il était un trop-civilisé, disons même un dégénéré, mais combien séduisant !

Le bonheur tranquille et la civilisation complète et ferme, je les trouvais plutôt chez mon autre collaborateur, Lucien Joly, marié à une femme intelligente et belle, père de trois charmants enfants qu'il adorait.

Beaucoup moins léger, moins superficiel et moins égoïste que Lillois, Joly n'était cependant pas bourgeois du tout. Par la haute taille et les larges épaules, un peu voûtées, presque paysannes, son physique en imposait. Ses grands yeux bleus étaient profonds, calmes. Tout culture et tout raison, d'esprit philosophique et mesuré, observateur comme pas un, jugeant des hommes vite et bien, plein de franchise et de loyauté, il était l'équilibre même, et, dans les discussions que nous soulevions devant lui, il avait généralement le dernier mot, le mot définitif, car il se cramponnait au bon sens.

Ce diable-là comprenait tout, devinait tout et jugeait de tout avec une indulgence et une bonté rares. À cause de ces qualités, j'avais fait de lui mon meilleur confident. Quelques jours après mon inexplicable rupture avec Dorothée, je lui avais conté mon histoire. Voici sa réponse.

— Dorothée n'est pas femme à prendre à la légère une décision aussi grave : elle t'aimait, et je ne vois pas pourquoi elle ne t'aimerait plus. Sincère, expansive et volontaire comme je la connais, elle t'aurait tout dit si cela lui avait été possible. Il faut que le secret caché là-dessous soit extraordinaire pour qu'elle se condamne au silence et t'inflige, à toi qu'elle adore, une telle blessure. Patience ! Un jour, tu sauras tout.

Cette explication me parut banale, comme toute condoléance d'un ami qui veut panser délicatement une plaie. Dans la suite, les événements confirmèrent si bien son diagnostic que je vis en Lucien un prophète.

Ce fils de paysan s'était forgé une morale et une philosophie à lui, mais sans dogmatisme. Un jour que je lui demandais le secret de sa forte logique, il m'expliqua :

— En quittant l'université, à l'âge de vingt-deux ans, un de mes professeurs laïques. Louis Latour, me prit à l'écart et me dit :

« — Depuis trois ans que je vous suis pas à pas, je ne vous ai enseigné que ce que j'avais le droit de vous montrer, ici, dans ce milieu fermé, où l'on m'enlèverait mon gagne-pain si je m'écartais de certaines frontières. Vous comprenez ? Je ne vous ai pas tout appris. Dites-vous bien que vous ne savez rien et que tout l'effort d'une vie ne suffirait pas à vous donner ce qui vous manque.

» C'est en sortant d'ici que vous commencerez vos études, oui, vos études à vous, et non celles des autres. Vous devenez votre propre guide, et c'est mieux pour vous, car vous avez de l'étoffe, vous êtes apte à tout comprendre, et il ne tient qu'à vous d'en profiter pour devenir quelqu'un dans la foule des médiocres que forment nos institutions de nivellement.

» Les idées, les opinions, les théories scientifiques, les dogmes et les histoires qu'on vous a inculqués pendent quinze ans, allez les chercher dans tous les recoins de votre cerveau, ramassez-les au râteau, faites-en un tas devant vous, puis, commencez le triage. Examinez attentivement chacune de ces acquisitions, armez-vous d'une loupe, à la lumière du soleil, et mirez-les toutes une à une. Vous en verrez d'enrichissantes et saines, vous en verrez d'ineptes et encombrantes, vous en verrez de pourries. Ne gardez que celles qui, selon vous, après un pénible effort de pensée, sont conformes à votre jugement et à votre raison. Rejetez tout ce qui froisse votre bon sens. Admettez loyalement ce qui convient à votre esprit. Condamnez le reste au crible du doute ou au dépotoir de l'absurde. Quand vous doutez, ayez le courage d'en rester à votre doute jusqu'au jour où peut-être, des lueurs nouvelles vous en délivreront. Le doute est d'ailleurs à la base même du savoir, puisqu'il est la condition essentielle de la recherche de la vérité. On ne court jamais après ce qu'on croit posséder avec certitude. On vous a toujours dit: Ne doutez pas! Moi, je vous dis: Doutez! C'est la planche de salut de l'intelligence, c'est la ligne de flottaison de l'être raisonnable. Créez en vous la belle et courageuse inquiétude qui vous épargnera la maladie du sommeil et vous conduira à des trouvailles splendides.

» La pensée, non pas la pensée des autres, mais la vôtre, celle qui sort de votre entendement comme la branche sort de l'arbre, fait la supériorité. Sans elle, aucune force personnelle n'est possible. On vous dit parfois qu'il vous est défendu de penser librement. Les auteurs d'un décret aussi infâme sont grandement coupables. On ne saurait mieux s'y prendre pour tuer la valeur individuelle au nom d'on ne sait quelle médiocrité collective qu'on encourage au seul bénéfice d'une caste, sous le faux-semblant de l'ordre, de la tradition et de l'autorité.

« Ce discours de mon professeur fit sur moi une impression si profonde que chaque phrase s'est fixée en coulée de bronze dans mon esprit.

« Je me suis délivré du réseau ténu des influences qui comprimaient mon cerveau, de la nasse des imitations qui détruisaient mon initiative, de la buée des gaz qui m'empoisonnaient l'esprit. Je suis devenu moi-même...

En écoutant Lucien, je me plaisais à penser que j'avais devant moi, probablement, l'homme le plus intelligent que l'on puisse rencontrer dans sa carrière.

Il avait été élevé à Métis, petit village de la côte du bas Saint-Laurent, où son œil d'enfant avait suivi, en un songe, le sillage, fait d'écume et de bleu, des barques de pêcheurs. Un jour qu'il s'amusait à faire des pâtés de sable, il eut à partager cet amusement avec une jolie et espiègle fillette, dont les parents étaient en villégiature dans un chalet voisin. Ils devinrent bons amis, se boudant souvent, échangeant parfois des taloches, mais revenant toujours l'un vers l'autre avec des élans de bruyante tendresse. Parmi les touristes qu'ils voyaient passer, ils remarquaient particulièrement un couple de jeunes mariés qui les fascinaient par leur joie sereine, une joie qui émanait d'eux en ondes magnétiques. La fillette, qui sentait confusément ces choses, disait à son petit camarade :

— Lucien, quand nous serons grands et que nous serons mariés, c'est ainsi que je voudrais être.

C'était une enfant qui parlait ainsi, devant la mer bleue, la mer salée, aux fortes senteurs d'iode, la mer chantante, lumineuse et sereine, qui prédispose la femme aux grandes passions et fait les hommes puissants.

Lucien n'oublia jamais les paroles de sa petite amie devant les flots grisants. Seize ans plus tard, c'est cette camarade d'enfance qu'il épousait. Il n'avait jamais aimé d'autre femme.

Je m'expliquais le rare équilibre mental de cet homme par l'harmonie parfaite qui s'était réalisée entre lui et la femme aimée.

XVIII

Mes deux collaborateurs ne tardèrent pas à devenir bons amis. En dépit du contraste de leur caractère et de leur vie, une parenté de culture les unissait. C'est avec eux que je cherchai, bien vainement, à oublier Dorothée.

Un soir, Hermann fit inviter Lucien et moi-même à un *wild party* chez les Pinon. Qu'est-ce qu'un *wild party*? Une sorte de ripaille à laquelle se livrent de petits clans de bourgeois, et où l'on se laisse aller à tous les excès du manger, du boire et même de l'amour. Ces noces communautaires ont lieu surtout à la fin de la semaine, entre dix heures du soir, le samedi, et sept heures du matin, le dimanche, alors que chacun s'en va à l'église, pour effacer les péchés de la nuit.

Pinon, ancien ministre, assez jeune encore pour jeter sa gourme, était spirituel, intelligent, léger, mais il était resté un peu collégien. Sa femme avait un furieux penchant pour les lettres, sans d'ailleurs en rien connaître. Elle aimait à réunir chez elle les jeunes gens qu'elle appelait pompeusement les intellectuels.

Nous avions, ce soir-là, le poète Louis Dumont, un petit brun trapu, au langage vert, qui passait aisément de l'obscène crudité aux élans mystiques; l'éditorialiste orthodoxe et dogmatique, Paul Meilleur, qui reniait, dans le privé, la plupart de ses écrits, et qui montrait un cynisme mâtiné de fatuité; la mûre et ardente Michèle Vivier, maîtresse de Pinon; Maryse Gauty, petite cérébrale, que l'on connaît déjà et que je cultivais; Françoise Dufort, diplômée de la Sorbonne, en quête d'aventures; enfin, la jeune Américaine, Kathleen Ross, « *Little Lady Vagabond* », journaliste de New York, en tournée de louches reportages, mais très attachante.

Le cocktail, le scotch, le gin et le punch étant l'accompagnement obligé des réunions de ce genre, on devint bientôt très expansif. À chaque rasade, un morceau de pudeur s'envolait, et on parlait avec une désinvolture capable de faire rougir le bronze des deux pompiers de la place George V.

Par une série de petits sous-entendus, Meilleur faisait étalage de ses succès auprès des femmes. Comme beaucoup de ses concitoyens, il avait toujours à la bouche les mots « sexe » et « beau sexe », à tel point que Maryse observa tout haut que cette expression manquait de goût et surtout d'esprit. Il ne comprit pas et continua. À l'entendre, il avait été la terreur de tous les maris et des mères de famille de la Grande-Allée. Lucien me glissa dans l'oreille: « J'ai de bonnes raisons de croire qu'il s'est distingué surtout par ses amours ancillaires. Il a toujours eu des maîtresses servantes. Il a confié à quelqu'un, dans la sincérité de l'ivresse, que les femmes du monde le snobaient. »

Hermann regardait Meilleur avec un sourire de raillerie protectrice et méprisante. Quand il le vit bien emballé, il l'interrompit froidement:

— Si vos conquêtes étaient aussi nombreuses que vous le dites, savez-vous ce qu'il faudrait en penser ? Non ? Les femmes que vous auriez eues se seraient vite lassées de vous, ou vous n'auriez connu que des poules. Vous ne seriez pas du bois dont on fait les amants. Don Juan avait assez de génie pour prendre une femme corps et âme en une seule nuit ; mais la race des don Juans n'est pas commune. Ses imitateurs ne sont que d'ignobles copies d'un beau tableau.

— Oh ! s'écria Maryse, je ne voudrais pas courir le risque de tomber entre les mains de votre don Juan. Qui aimerait à se faire dévorer par un ogre pareil ?

— Est-ce que vous n'avez jamais connu, reprit Hermann, des mangeuses d'hommes ?

— Non ! Sous ce rapport, je suis juive.

On éclata de rire. La riposte n'était pas nouvelle, mais elle venait à propos.

— Il est des talents qui s'ignorent, reprit encore Hermann.

— Il n'a jamais dit si vrai, me murmura Lucien. Maryse est justement de la race des mangeuses d'hommes. Malgré sa frémissante sensibilité, elle me semble incapable d'un attachement profond. Sous ce corps fragile, presque masculin à force d'être mince et sans courbes, je devine des ambitions, des intérêts et du calcul, mais pas d'abandon dans l'amour.

— Je ne te crois pas, lui dis-je.

À cause de ses yeux candides et de ses petites poses douloureuses, Maryse me semblait être plutôt une Iphigénie qu'une Cléopâtre.

— Je parie, insistait Lucien, que tu as cru Dorothée plus dominatrice, plus maîtresse de la vie, parce qu'elle affiche plus de hardiesse, plus de gaîté... C'est ce qui te trompe.

À ce nom de Dorothée, mon cœur se serra. Je chassai son souvenir en demandant Maryse à danser. La radio nous apportait, de Chicago, une plainte sensuelle et langoureuse de saxophones. Nous foxtrottions silencieusement autour d'une table pleine de verres, tout en écoutant les propos des invités. Dumont, qui buvait courageusement, avait la parole :

— Toute ma vie, je n'aurai été qu'un pauvre gueux. Je me saoule de péchés et me flagelle de remords. Mes fautes, je les aime, parce qu'elles me donnent l'occasion de m'humilier, de me tremper le front dans la boue du chemin et de me battre la poitrine en me disant que je suis un voyou. Vous autres, muscadins, vous ne connaissez pas ça, le remords d'être une ordure, parce que jamais vous n'avez eu le courage de braquer des lunettes sur la bête que vous portez en vous.

Puis s'adressant à moi brusquement :

— Toi, Max, ta vie est trop propre pour que tu sois complet. Tu n'as pas même eu l'opprobre du vice solitaire, car les femmes t'ont aimé avant de te donner le temps de te consumer en désirs. Tu ne connais pas cette souffrance. Et vous tous qui m'écoutez, pourquoi ces mines scandalisées ? Vous êtes prêts à voler en douce la femme de votre ami, mais vous n'auriez ni la force ni le courage de vous signaler par un beau viol.

— Il est complètement saoul ! siffla Michelle Vivier en une moue de dégoût.

— Michelle, hurla Dumont, vous n'êtes qu'une poule de luxe et vous ne valez rien.

La maîtresse de Pinon avait pourtant souffert. Prise à seize ans par un bélître, elle avait dû épouser son séducteur pour sauver l'honneur de la famille. Son mari, ivrogne, adultère, déclassé, superstitieux, jaloux et sale, avait fait le désespoir de tous les patrons qu'on lui avait trouvés. De guerre lasse, on l'avait envoyé, avec sa jeune femme, dans un camp de bûcherons, en pleine forêt, où Michelle se trouva, à la fin de sa première grossesse, au milieu d'une bande de forestiers qui passaient leurs loisirs à jouer aux cartes, sacrer, conter des grivoiseries et fumer un tabac sentant le fumier de cochon. Elle avait habité un camp de bois rond dont le toit faisait eau, et, à la fonte des neiges, quand elle nourrissait son nouveau-né, de larges gouttes d'eau grise tombaient dans sa chevelure blonde. Elle avait enduré ainsi quatre années, après quoi, sentant le besoin de vivre, elle avait secoué le joug.

— Je connais une femme qui en a mangé plus que vous, de la vache enragée, poursuivit Dumont. Il y a trois ans, je rencontrais, par hasard, une jeune campagnarde qui visitait des amis de la ville. Elle me parut belle. Je ne la lâchai plus, je la voulais. Un soir, elle se laissa gagner. Elle était vierge, je vous le jure. Le lendemain, j'eus tant de remords que j'allai me confesser. J'avais l'impression d'avoir commis un meurtre. Ma conscience a toujours de ces délicatesses. Dieu vous garde d'étouffer la voix de votre conscience, misérables ! La jeune fille retourna dans sa famille toute vibrante. Elle m'écrivit des lettres passionnées. Je lui répondais sur le même ton. Plusieurs fois elle revint. Plus j'entrais dans son intimité, plus je sentais que je m'éloignais d'elle. Elle ne fut bientôt plus rien pour moi. Pour ne pas la chagriner, je simulai l'amour. Mais ça ne pouvait durer, et, à la fin, je lui dis de rester chez elle, que jamais plus je ne la reverrais... Depuis, je l'ai rencontrée dans la rue. Un squelette ambulant. Je lui avais pris son âme. Hier, elle m'écrivait qu'elle voulait mourir.

— Il ne vous reste plus, dit ironiquement Kathleen, qu'à la pousser au suicide. Avec un drame comme celui-là, vous éprouveriez le plus beau remords de votre vie.

— C'est une idée. Je n'y avais pas pensé.

Nous dansions toujours. Maryse me dit tout bas :

— Il m'intéresse par sa folie même. Il est capable de tout. Je veux voir jusqu'où il peut aller.

— Admettez que c'est un grossier personnage.

— J'en conviens... Avez-vous remarqué comme Pinon louche vers la petite Américaine ?

— Cette femme a quelque chose d'inquiétant.

— Elle s'appelle elle-même « *Little Lady Vagabond* ». Comment finira ce mystérieux vagabondage ? C'est un secret. Elle est entrée dans plusieurs grandes familles. Vous savez combien de salons se sont ouverts pour elle. Elle a donné elle-même, au Château, des fêtes qui ont dégénéré en orgies.

Il était minuit quand on décida d'aller passer le reste de la fête dans un grand chalet que possédait Pinon à quelques milles de la ville.

— Si vous voulez, me dit Maryse, nous n'irons pas là. Je voudrais rester seule avec vous, aller n'importe où, au grand air, mais pas là.

La nuit était pleine d'étoiles. Nous filions en automobile par des chemins obscurs, et l'air frais qui entrait par les fenêtres se posait sur nos fronts comme une caresse. Nous traversâmes les plaines d'Abraham pour descendre vers l'Anse-au-Foulon et longer le pied de la falaise en direction du pont de Québec. Par moments, nous nous arrêtions à regarder les traits de lumière qui glissaient, du sud vers le nord, sur l'eau soyeuse du Saint-Laurent. Ces rayons rampaient jusqu'à nous comme sur des tapis de diamants. L'épaule blonde de Maryse frôlait frileusement la mienne, et l'amour entrait en moi avec toute la poésie de la nuit.

— Maryse, vois-tu ces chemins de feu tendus sur l'abîme ? Je me sens si léger que j'y voudrais marcher. Viens-tu ?

— Oui, vers la source de la clarté, vers le foyer qui nous brûlera.

— Tu veux dire : vers un amour brûlant ?

Nous fermions quelques instants les yeux en écoutant ces mots imprécis, qui ne voulaient rien dire, mais qui portaient en eux la dangereuse musique des voix.

En continuant, nous voyions, çà et là, des véhicules immobiles, dans lesquels des couples s'étreignaient. Partout la joie cherchait l'ombre. Tous les amants venaient du cœur de la capitale endormie, où le silence, après minuit, est aussi absolu qu'un dogme, et où l'on entendrait bondir la poussière sur les pavés. On était venu, dans l'air nocturne, chercher des consolations conformes à la farouche honnêteté de la ville, qui croit que la luxure qui se cache n'existe pas. Certains soirs, les environs de Québec ne sont que d'interminables baisodromes. Clairs de lune et clairs d'étoiles, rives du fleuve, innombrables lacs, chemins divers, bois et bosquets, Laurentides accueillantes, vos nuits ont entendu plus de soupirs, depuis les parfums de juin jusqu'aux féeries d'automne, que toutes les maisons de nos villes.

— Il se fait tard, dit Maryse, rentrons !

En face de mon appartement, chemin Saint-Louis, je stoppai instinctivement.

— Entrons ! dis-je.

— Par ici ?

— Oui.

XIX

Le surlendemain, Hermann pénétra dans mon cabinet de travail en se frottant les mains. Je pensai tout de suite qu'il avait une bonne histoire à me conter.

— Comment s'est terminée votre nuit ? lui demandai-je.

— Dramatiquement ! Ce qui s'est passé là est formidable. Dès que nous fûmes entrés dans le chalet – un beau chalet, tu sais, tout ombragé de verdure et dominant le lac étoilé –, Kathleen ne laissa pas l'ancien ministre d'une semelle. On alluma la cheminée et on fit cercle autour du feu. J'étais près de Pinon et de l'Américaine, écoutant des bribes de conversation. Elle lui disait :

« — Vous autres, Canadiens, vous n'entendez rien à l'amour. Vous êtes tellement médiocres en tout que vous êtes même incapables de grands vices. Les fortes passions sont au-dessus de votre tempérament. Et vous agissez avec une telle hypocrisie qu'on vous croirait impuissants à jouir de rien sans travesti.

« — Vous savez pourtant combien je vous aime, répondait Pinon.

« — Si vous m'aimez, vous m'en donnerez d'autres preuves que des mots et de petits cadeaux. D'abord, vous allez plaquer cette grue de Michelle, qui n'en veut qu'à votre nom et à votre argent. Et puis, vous n'avez pas remarqué que cette femme ne se lave jamais ? Regardez-lui le dessous des aisselles... Ses amis m'assurent qu'elle a peur de l'eau au point de ne jamais prendre un bain. Les Américaines sont autrement plus propres. Je ne conçois pas qu'un homme bien se résigne à l'intimité d'une personne qui sent la moutonne.

« — Vous êtes cruelle pour cette pauvre Michelle.

« — Je n'admets pas qu'on ne soit pas cruel en amour. Tenez, si vos aveux sont sincères, vous ne vous contenterez pas de jeter cette femme par-dessus bord, mais, tout à l'heure, quand chacun sera ivre, vous chasserez tout le monde, vous ferez maison nette, et nous resterons seuls tous les deux.

« — Vous n'y pensez pas ! Et ma femme ? Vous comprenez qu'il ne faut pas faire ça devant ma femme... à ma femme.

« — Votre femme comme les autres ? Assez de vos légitimes, petits bourgeois ! Soyez un homme une fois dans votre vie ! Vous n'êtes qu'une femelle, Sévère Pinon. Devant une femme que vous n'aimez même pas, vous êtes plus mou que de la gélatine. Pouah ! que vous êtes décevant !

« Pinon absorba un autre verre et prit un air de circonstance. Rien qu'à sa physionomie, je vis qu'il se passerait quelque chose.

« Le foyer ardent jetait des lueurs rouges dans le chalet. À chaque bond de la flamme, je voyais Dumont ramper vers les femmes... Et on buvait toujours.

« Puis ce fut le comble. Le poète devint tragique. Il s'étendit de tout son long sur le plancher et se mit à exécuter, sous les pattes des chaises et sous les pieds des gens, un mouvement de rotation, en beuglant les noms de sa femme et de ses enfants :

« — Anna ! Mon Anna, mon martyre ! J'ai péché, mon Dieu ! J'ai péché ! Mes enfants ! Mes enfants ! Je maudis le jour où je devins votre père, car j'étais indigne de vous engendrer... Arrière ! Arrière ! vous tous, mille démons qui attisez mes vices ! Je vais mourir, oui, mourir de honte !... Ah ! la honte, la bonne honte, j'en veux, de la honte ! Et vous, les amis, allez à la fontaine, apportez-moi une pleine coupe de remords ! Ne voyez-vous pas que je meurs de soif ?... Quoi, vous refusez ? Vous êtes tous des maudits, rien que des maudits ! J'écrirai un jour votre histoire. Je vous crucifierai tous sur votre fumier.

« Alors, Pinon éclata :

« — Dehors ! Dehors ! ivrogne, tu ne m'insulteras plus dans ma maison !

« Il bouscula Dumont au bord du lac. Il rentra et dit aux autres :

« — Et vous aussi, vous tous, dehors ! Laissez-moi seul ici, entendez-vous. Je ne garde que Kathleen.

« Il nous poussa tous vers la porte.

« La femme de Pinon et Michelle pleuraient de rage. Lucien et moi, nous étions suffoqués de rire.

« Depuis avant-hier, Pinon et Kathleen n'ont pas donné signe de vie. Ils sont dans les bois. Cela commence à s'ébruiter. Michelle n'a pas tardé à semer la nouvelle. J'ai peur que ça tourne mal.

XX

L'Américaine avait merveilleusement joué son rôle de « *Little Lady Vagabond* ». Elle était venue chercher du scandale. Elle en avait.

Elle passa cinq jours entiers avec Pinon. Celui-ci s'éprenait de plus en plus de cette beauté exotique et perverse, qui le débauchait froidement.

Au bout du troisième jour, la femme Pinon, qui pardonnait tout, mettant l'algarade sur le compte de la boisson, avait envoyé vers son mari, comme ambassadeur, son propre père. Ce délégué n'avait pas eu le temps de parlementer : on l'avait mis à la porte.

Le matin du sixième jour, Kathleen disparaissait du chalet, durant le sommeil de Sévère, à qui elle laissait cet écrit :

« La comédie a assez duré. Tu n'es qu'un imbécile et une poire. »

Trois mois plus tard, on avait l'explication brutale du séjour prolongé de l'étrangère dans la société québécoise.

Elle annonça la publication sous sa signature d'un livre mi-romanesque, mi-anecdotique, où elle peignait les mœurs de la vieille capitale sous leur jour le plus scandaleux et où elle laissait facilement identifier les personnages les plus connus de certains milieux par leurs caractéristiques, leurs habitudes et les faits saillants de leur vie.

Les intéressés se concertèrent et prirent le parti d'envoyer un mandataire auprès de Kathleen, à New York même, avec mission de payer à celle-ci la rançon qu'elle exigerait pour renoncer à son édition.

La transaction eut du succès. L'Américaine, qui ne voulait rien que de l'argent, avait eu la précaution, avant la mise en librairie d'adresser un exemplaire de son livre – tiré à mille seulement – à chacune de ses victimes.

Tous les volumes, transportés à Québec, alimentèrent, une semaine durant, le chauffage central de plusieurs maisons.

Un jour que je voyageais en wagon entre Montréal et New York, je vis, assise non loin de moi, une jeune femme qui feuilletait un magazine. C'était Kathleen. Je la saluai, elle sourit et m'invita à m'asseoir près d'elle.

Au cours de la conversation, j'en vins à son livre.

— Pourquoi avez-vous agi ainsi ? lui demandai-je.

— Dans un de mes voyages au lac Saint-Jean, j'avais constaté qu'une foule de personnes détestaient Louis Hémon parce qu'il avait peint les gens tels qu'ils sont. Je voulais voir l'effet, sur quelques-uns de vos compatriotes, d'un livre où j'aurais croqué leurs travers sur le vif... Et j'avais tant besoin d'argent !

XXI

Dans le monde agité où j'évoluais, Maryse devenait ma plus chère distraction, mais aussitôt que je me retrouvais seul, ma pensée me ramenait à Dorothée, que j'aimais toujours. Dans ces ruptures mystérieuses, sans cause apparente, on ne saurait oublier. Maryse ne pouvait effacer Dorothée ; le premier, le plus fort de mes désirs, l'emportait sur la possession.

Maryse avait pourtant le don de se faire aimer. Peu de personnes savaient comme elle simuler les sentiments les plus délicats, les plus intenses, les plus profonds. La tristesse, qu'elle mimait si bien, quand elle posait à l'incomprise, m'inspirait la pitié. Je finis par m'attacher à elle.

Cérébrale et littéraire, trop intelligente pour croire à son talent, trop adroite aussi pour se risquer seule dans un métier qui la dépassait, son peu de culture lui interdisait les œuvres de longue haleine, elle s'était accrochée à ma personne pour parvenir à la célébrité, qu'elle ambitionnait bien plus que l'amour. Dire que je me piquais alors de psychologie et que je ne m'apercevais de rien !…

Un jour, elle me dit :

— Veux-tu, Max, nous écrirons un roman ensemble ? Nos deux noms unis à la vie, à la mort ! Ton génie me portera à l'immortalité.

— Je veux bien. Mais sache qu'il vaut mieux vivre la vie que la peindre.

Nous fîmes en collaboration un roman dont je composai plusieurs chapitres. Je travaillais avec d'autant plus d'ardeur que je m'imaginais posséder, en mon associée, l'inspiration vivante.

En trois mois, l'ouvrage était terminé. Trente jours plus tard, il était à l'étalage sous la seule signature de Maryse. Le *Vingtième Siècle* lança l'édition par un article qui donna le ton à toute la presse et à tous les critiques. Les moutons de Panurge, quoi ! Le succès de publicité fut complet.

Les commentaires « superlatifs » des journaux influencèrent même le monde officiel à un degré tel que le nouvel auteur obtint une bourse qui lui permettait d'aller se parfaire à l'étranger.

À partir de ce moment, Maryse s'intéressa beaucoup moins à l'homme qui l'avait tirée de son néant. Elle me tourna le dos. Comme elle savait la façon de manœuvrer les pantins, elle en fit marcher plus d'un après moi. Ensuite, elle passa aux États-Unis. Elle aurait pu écrire, comme Kathleen à Pinon : « La comédie est finie. Tu n'es qu'un imbécile. »

Une fureur froide s'empara de moi, la fureur de la dupe qui se sait dupée. Quand Dorothée m'avait donné congé, j'en avais conçu une douleur dont j'avais cru mourir. Cette fois, c'était mon orgueil qui rugissait. J'en voulus à toutes les femmes. J'eus même la présomption de croire que je me vengerais par le mépris et la dissipation.

Combien la jeunesse s'illusionne ! Quelques semaines plus tard, le pardon était rentré dans mon cœur. Je sentais la vie qui renaissait, souriait et m'invitait à l'éternelle fête. Un de ces matins-là, à mon lever, on m'apportait une gerbe de fleurs : des roses, des œillets, des narcisses. Toute ma chambre en fut embaumée.

Au milieu du bouquet, ces mots écrits à la machine, sans aucun nom : « À une âme que je sais solitaire et désolée, en cet anniversaire… » Je regardai le calendrier : c'était ma fête de naissance.

Par une nuit du début de ce siècle, ma mère me mit au monde. J'arrivai sur notre infime planète sans y rien ajouter et j'en partirai sans en rien enlever. Quel phénomène que celui de la naissance et de la mort ! C'est dommage que personne ne puisse avoir le souvenir de l'instant où il sort du néant et de celui où il y rentre. Les deux bouts de notre durée se rencontrent et se referment dans un impitoyable silence. Ce sont les deux moments les plus palpitants, les plus formidables de l'existence humaine, et ils se dérobent à toute conscience. L'homme y perd la sensation suprême de l'être.

Quelle femme pouvait bien m'envoyer des fleurs ? Me posant cette question, je ressuscitais à l'espoir, un espoir qui m'effrayait parce qu'il marquait en moi un commencement de dépravation. J'énumérais celles que j'avais connues récemment. Et voici que me revenait une conversation engagée avec Françoise Dufort, au cours d'une danse. Je me souvenais bien : cette femme avait les cheveux châtains et de grands yeux bruns. Elle m'avait dit, je ne sais à quel propos :

— Vous voulez m'épingler sur la planche aux papillons. Ce n'est pas bien… Avez-vous visité un musée d'entomologie ? Sous des couvercles de verre, chatoient mille insectes rigides et superbes. Il y en a de bleus, de rouges, de verts, de diaprés, de noirs, de blancs, de gris, de dorés, d'arc-en-cielés. Quelle mosaïque de couleurs et d'ailes ! La nature et la vie ont mis toute leur coquetterie à disposer de façon séduisante les plus subtiles poussières de la terre et de l'air. Ne portent-ils pas des noms étranges, ces papillons ? Apollon, aurore, grand nymphale, sphinx, phalène, paon de nuit, que sais-je ? On les regarde d'abord avec une surprise joyeuse, puis on s'afflige de les voir immobiles, raides, éternellement fixés. Ils sont morts, les petits papillons qui offraient leur corsage doré au soleil, ils sont morts pour s'être enivrés des parfums des fleurs au moment où rôdait l'homme...

« Un à un, on les a crucifiés pour satisfaire un plaisir ou enrichir une vanité... Vous aussi, Max Hubert, vous êtes en train de devenir un collectionneur. S'il vous arrive de me capturer, vous m'étiquetterez, et je serai à la surface de votre mémoire, un nom, une paire d'ailes.

— Ignorez-vous que je suis l'homme d'une femme ?

— C'est ce qui vous trompe. J'ignore combien de femmes vous avez eues. Vous n'en êtes pas à la première. À chacune, vous avez dit qu'elle était votre rêve, la vie de votre vie, le cœur de votre cœur. Dois-je croire que vous avez menti à chacune ? Vous disiez hier ce que vous disiez la veille à Dorothée... Quand direz-vous la vérité aux femmes ?

Pour crâner, je servis à Françoise l'éternel paradoxe des hommes auxquels une femme fait le reproche d'insincérité :

— Nous disons toujours la vérité au moment même où nous parlons. Chaque amour nouveau, si léger, si éphémère soit-il, apporte avec lui son instant de franchise. L'homme croit aux mots qui sortent vivants de sa passion, et celle-ci est toujours sincère...

Le changement ? Françoise, on constate de plus en plus, que l'immobilité n'existe vraiment que dans la mort… Il y a toujours une disproportion immense entre le désir et son objet. L'illusion nous porte à trop demander à la vie. Jamais elle ne nous donnera la centième partie de ce que nous exigeons d'elle. C'est pour cela que l'homme est un éternel chercheur. Il aspire à l'infini, il trouve le fini. Toujours nos ailes cassées en plein vol !

Les fleurs que j'avais reçues me rappelaient cette conversation que j'avais eue avec Françoise, ainsi que le parfum qui émanait d'elle. Elles me soulignaient aussi la fausseté de mon plaidoyer. Je me croyais alors très fort de raisonner ainsi. Plus tard, je compris qu'il est des amours que rien ne saurait effacer en soi. Ma haute passion pour Dorothée, par exemple. Celle-là, elle n'est jamais sortie de mon être, et quand je m'étourdissais de la vile philosophie des libertins, ce n'était qu'un effort pour chasser de ma pensée celle qui n'en voulut jamais sortir.

Certaines théories d'Hermann, intelligent et sympathique, mais trop cynique, avaient sur mon esprit une forte influence. C'est lui qui me disait, dans ce temps-là :

« Les romantiques ont fait de la femme un mystère tragique, redoutable, une sorte d'humanité à part sur laquelle planerait la fatalité. De cet être adorable et frêle, ils ont créé un dieu imaginaire, à la fois cruel et doux, un génie de malice et de bonté, auprès duquel le monde masculin ne serait qu'enfance, débilité. La lecture de certains romantiques auxquels je me plaisais, dans ma jeunesse, m'avait inspiré, envers elle, les craintes, les superstitions et respects qui font les faibles. Je crois que l'esprit nourri exclusivement de tels livres est voué à la défaite aussi longtemps que l'expérience ne l'a pas ramené à la réalité.

« La réalité, c'est que les femmes sont avant tout charme et faiblesse. Faites pour être conquises, dominées, brisées, elles ont un besoin physique de servitude. Du moment que vous paraissez admettre qu'elles peuvent avoir le pas sur vous, leur audace ne connaît même plus les bornes de la tyrannie. Il n'existe pas de créatures mieux préparées qu'elles à profiter de votre soumission ou de la débilité de votre caractère. On devrait donner ce conseil à tout homme : « Aimez-les ! Aimez-les jusqu'à l'ivresse ! Ne les adorez jamais ! Vous êtes le maître, conduisez-vous en maîtres ! Prenez une femme, entièrement ; montrez-lui au besoin qu'elle n'est pas indispensable à votre vie. Gardez-la aussi longtemps qu'elle vous plaira, puis, conservez assez d'indépendance pour être le premier à partir. Celles que vous quittez de vous-même, sans raison, vous aiment éternellement. »

Telle était la conclusion à laquelle en était venu Hermann, après tant d'expériences. Il était naturel de s'y laisser prendre. En suivant sa direction, on constate une chose : l'amour, non pas la grande et belle passion, mais l'amour léger, à fleur de peau, vient aisément à celui qui ne veut pas le prendre au sérieux. Les femmes ordinaires n'aiment pas souvent cet air tragique que se donnent les Werther et les René. Elles veulent de la vie, du mouvement, des promesses de plaisir. Quand elles sentent, chez un homme libre, la joie de vivre dans sa plénitude, elles sont déjà vaincues à demi. Quand elles soupçonnent que le soupirant attache un prix immense à leur conquête et se morfond en désirs timides, elles ont, par instinct plus que par réflexion, l'art de se faire gagner chèrement, et elles trouvent en elles-mêmes des ressources inouïes de résistance et d'attente... Plus que l'homme, la femme tient à se tenir à la hauteur de l'opinion qu'on se fait d'elle.

C'est dans ces dispositions que je vis passer dans ma vie plus d'un visage féminin. Dans cet étourdissant hiver où les fêtes se succédaient vertigineusement, j'étais comme une lampe dans la nuit, lampe contre laquelle venaient battre tous les papillons sortis de l'ombre. Je me souvenais alors des idées de Françoise sur la planche où l'on crucifie les brillants insectes. Toute cette folâtre collection s'agite maintenant dans ma mémoire et bat des ailes. Françoise était venue la première et avait duré quinze jours. Elle était partie sans rancune, en me disant : « Au moins, tu ne m'auras pas trouvée importune. Ni serments, ni scènes entre nous. Au revoir, Max ! » Vint aussi une petite brune aux dents très belles et très saines, qui riait d'un rire si clair, si haut, si musical, que la contagion de la gaîté s'emparait de tout son entourage. Et cette poétesse aux yeux verts, grande et mince, qui avait l'esprit d'être la première à rire de ses vers, préférant encore la vie vécue à la vie rimée... Que d'autres encore ! Pauvres visages divers, tous aimés un soir, tous abandonnés dans une atmosphère de mélancolie et de lassitude ! Parmi vous, dont je goûtai le charme éphémère, il y avait de belles âmes. Toutes, vous cherchiez l'amour, vous y aviez foi, et l'amour échappait à vos bras trop faibles pour l'étreindre et le garder...

Je ne tardai pas à m'apercevoir que je faisais violence à ma nature. Je m'étais promis de ne pas me lier, mais chaque fois que mon souffle éteignait une flamme, j'avais l'impression de tuer une chose qui aurait pu devenir fort belle. Il est de ces fins de romans qui doivent laisser dans l'être cruel une parcelle du regret qu'engendre, en l'assassin, le meurtre physique.

Mon désarroi s'accrut à la suite d'un drame horrible dont je fus le confident au commencement de l'été. On se souvient que le poète Dumont parlait souvent, quand il était ivre, d'une petite campagnarde qu'il avait séduite et qui, depuis, ne cessait de l'importuner de sa passion.

« *Little Lady Vagabond* » lui avait dit, avec une perversité consciente : « Pourquoi ne la poussez-vous pas au suicide ? Ce serait un beau drame. »

Un matin, Dumont entra chez moi les yeux rouges et la mine défaite. Il prit le siège que je lui offrais et me regarda, hagard, silencieux :

— Que se passe-t-il ? lui demandai-je.

— J'ai tué ! dit-il avec des sanglots dans la voix. Je suis un assassin ! Un assassin ! Un assassin !

— Tu es saoul, voyons ! Peut-on raconter des histoires pareilles ? Va te coucher et que personne ne te voie avant demain.

— Je suis aussi sobre que ce papier qui n'a pas bu, fit-il en froissant de ses mains nerveuses un buvard blanc. Sens-moi, tiens ! Dis, est-ce que je sens ? Est-ce que je sens ?

En effet, il ne sentait rien que le tabac et la carie.

— Tu as raison, dis-je. Alors tu es fou.

— Oui, fou… et fou dangereux!… Tu sais, ma petite villageoise? Elle me harcelait de ses lamentations depuis des années. Plus je me montrais dur pour elle, plus elle se cramponnait… Une idée infernale se fixa dans mon cerveau, grandit, fit tache d'huile. Une véritable hallucination. Si je la poussais à mourir, me disais-je? Le matin, le soir, durant la journée, même en plein sommeil, une voix me disait: « Elle doit mourir pour toi, pour racheter tes fautes. » J'ai toujours cru qu'il y avait une justice immanente et que quelqu'un devait souffrir et mourir pour effacer le mal.

— Tu parles comme un monstre. Explique vite.

— La petite vint me voir il y a un mois. Elle sanglota deux longues heures dans mes bras. J'en étais excédé. Elle me dit qu'elle ne survivrait pas à mon abandon, qu'elle m'avait donné sa vie, sa réputation, son honneur, sa santé, qu'elle étouffait dans le milieu rigide où elle languissait, au fond de la campagne, qu'elle pensait à moi nuit et jour, qu'elle ne concevait pas l'existence sans moi et qu'elle finirait par se tuer.

« Elle fut pathétique, très pathétique. L'émotion me gagnait malgré moi, et je me durcissais pour n'être pas vaincu. Cette victoire sur moi-même remportée, je dis à la petite:

« — Tu serais vraiment prête à mourir pour moi?

« — Oui, puisque ma vie, c'est toi, et que tu t'en vas.

« — Ce que tu dis là est une figure qui traîne dans tous les vieux répertoires amoureux.

« — Pour moi, c'est une réalité.

« — Dans ce cas, si je te dis que je ne puis rester à toi, qu'il faut que je me retire de toi, pour toujours, sans espoir, que feras-tu?

« — Je crois que je me tuerai.

« — Tu te tuerais, toi ? Au fait, pourquoi pas ? J'aimerais éternellement la femme qui me donnerait un tel témoignage d'amour. Si tu allais, quelqu'un de ces jours, te jeter dans le fleuve, je pense que cet amour, que je ne puis te donner vivante, je te le donnerais morte. Comprends-tu ? J'élèverais dans mon cœur un autel de porphyre, de feu et d'or à celle qui aurait fait cela pour moi, cela qui est tout, qui est tellement définitif qu'on ne saurait imaginer rien de plus grand, de plus beau, de plus terrible.

« — Tu le veux ? Mon cher amour, embrasse-moi une fois, la dernière, et je te jure que, dans quinze jours, je serai morte.

« — Attends ! Ne nous touchons plus ! Quand tu seras morte, je crois que je serai capable d'aller te déterrer dans ta tombe pour te le donner, ce dernier baiser, dans la nuit éternelle.

« — Tu me fais peur ! Quelle horreur ! Mais non, je t'aime tant ! Si tu viens poser tes lèvres sur mes lèvres, je crois que mon corps glacé aura un tressaillement, tant il restera de passion dans cette morte-là.

« Elle sortit de chez moi en sanglotant, cette fille minable et chétive qui m'excédait depuis si longtemps, et je frissonnai de la tête aux pieds, car j'eus la sensation que je ne la reverrais plus.

Dumont se tut. Il était comme empoigné, étranglé. Je le pressai :

— Et alors ?

— Tiens, lis toi-même.

Il me tendit le journal du matin, qui portait ces mots :

« Hier, vers dix heures du soir, Mlle X., prenant son bain seul, sur la plage de Berthier, s'est noyée à quelques pieds du rivage. »

Suivaient les détails de la tragédie, que l'on trouvait inexplicable.

XXII

Je fus trois semaines sans répondre à aucune invitation, sans donner aucun rendez-vous. Le cœur me faisait mal. La vie me donnait des nausées.

Un soir, je dus me rendre au bal du gouverneur, à la Citadelle. Ministres, sénateurs, députés, conseillers législatifs, juges, fonctionnaires, hommes de profession, commerçants et industriels défilèrent, jabotés et gantés, devant Leurs Excellences. Le gouverneur était un Anglais de race, à face étroite, une tête de lévrier russe. Il souriait dignement à cette foule, devant laquelle il s'efforçait, avec succès, de passer pour le plus démocrate des hommes. Sa femme le secondait bien. Mise avec beaucoup de simplicité, elle disait un bon mot à toutes les dames qu'elle connaissait. On vit jusqu'à quel point ces nobles Anglais s'adaptent à tous les milieux, quand, à la fin de la nuit, ils donnèrent le signal des dernières danses et battirent la mesure de leurs mains pour entraîner tout le monde. Ces manières démagogiques de l'Angleterre nouvelle sont au goût surtout des coloniaux, qui se sentent rehaussés par de telles familiarités.

Du fond de la salle de danse, Lucien Joly vint vers moi. Il était en verve et faisait sur plusieurs personnages de piquantes remarques :

— Regarde-moi cet échevin Tranchemontagne ! C'est lui qui, sans avoir jamais rien lu que l'almanach de la Mère Seigel, s'est monté une bibliothèque magnifique, où les livres, reliés en plein chagrin, portent, sur le dos, en lettres d'or, son propre nom.

— Comme s'il avait signé ces livres ?

— Il faut que tu ailles chez lui pour voir ça. Tu lirais ceci, sur certain rayon : *Oraisons funèbres*, et, au-dessus de ce titre : « Émile Tranchemontagne ». Bossuet ? Connaît pas ! Il en est de même de certains mémoires célèbres, qui, au lieu de la griffe de Chateaubriand, portent celle de notre aigle municipal... Tiens, voici le député Brisefer. C'est lui qui, recevant d'Europe une copie de la Vénus de Milo, poursuivit la compagnie de transport pour avoir cassé et perdu les deux bras de la déesse. En voici un autre qui a son histoire : la semaine dernière, il demandait à mon libraire un livre de Bourget, en disant : « Vous comprenez, je veux encourager les auteurs canadiens. Ça fait partie de la campagne de l'achat chez nous. » Celui-là, qui donne la main au gouverneur, c'est le fameux Couvé. Quand il décida de se livrer à la politique, il n'avait que sa culotte et il la devait. Il « vaut » aujourd'hui un demi-million. Il est le roi du patronage. Regarde-moi ce visage de fouine, Maréchal. Il n'y a pas à dire, il n'est pas bête. Il a été élu trois fois de suite par acclamation, et il s'en vante. Il oublie de dire combien il lui en a coûté, chaque fois, pour faire retirer la candidature de son adversaire.

La procession continuait. Lucien avait un trait pour tous. Trois ou quatre seulement trouvèrent grâce. C'étaient des chefs intelligents, dévoués et sincères, qui traînaient derrière eux une cohorte de médiocres, de hâbleurs, de faibles, et, dans plusieurs cas, de prévaricateurs.

— Tu crois que ce spectacle désolant me guérit de la démocratie, ajoutait Lucien. Tu te trompes. Dans la désolation des parlements apparaissent toujours quelques hommes de premier plan, qui dominent par leur jugement et leur énergie et qui régentent les imbéciles. Un homme par gouvernement, deux au plus, ça suffit. Les cancres eux-mêmes prouvent leur utilité en soignant, chacun, leur petit jardin électoral. La peur est leur maître. C'est elle qui les force à une sorte de dévouement intéressé, qui va du jour de l'An à la Saint-Sylvestre. C'est pour cette raison que les démocraties sont capables de bonheur. Mais trêve de politique ! Parlons des femmes. Ce qu'elles sont jolies, ce soir !

Dans la foule, un visage m'apparut, qui faillit m'arracher un cri. C'était Dorothée, plus belle que jamais, en un décolleté vert pâle qui montrait la finesse de sa peau et la délicatesse de ses épaules. Elle ne souriait pas. Ses yeux bistrés, ces yeux que j'aimais tant, pour la vie qui brillait en eux, étaient tristes.

Quand la danse fut commencée, on vit, au buffet, une procession ininterrompue. Des groupes de jeunes gens et de jeunes filles burent le champagne avec tant d'avidité que plusieurs perdirent bientôt le sens de la ligne droite.

De temps à autre, Dorothée passait devant moi au bras d'un danseur inconnu, si élégante, si mignonne, que je fus empoigné d'un regret immense.

— Il faut, me dis-je, que je danse avec elle. C'est ce soir ou jamais que j'aurai une explication. Il y a trop longtemps qu'elle m'évite.

Je profitai d'un moment où elle traversait, dans un remous, le salon principal, pour l'aborder et lui dire à voix basse :

— Dorothée, me ferez-vous la faveur d'une danse ? Je veux vous parler.

— Tiens, c'est vous, Max ? dit-elle avec une indifférence affectée. Je ne vous croyais pas ici. Comment allez-vous ? Vous n'avez pas changé. Vous désirez causer ? Pas tout de suite, voulez-vous ?

— Tout à l'heure, à la prochaine danse ?

— Non, elle est promise... à deux autres. À la troisième, je suis à vous. Attendez-moi sur la véranda, du côté du fleuve. Je vous y rejoindrai.

L'air frais me fit du bien. Mon cœur battait si fort que j'avais besoin de respirer. Accoudé à la balustrade de la galerie profonde, je regardai l'eau qui coulait, toute noire, en bas du cap Diamant. Un navire était ancré dans le port. On n'en voyait guère que les lumières, rouges et vertes, à la poupe et à la proue. Le bateau passeur de Lévis promenait sur l'eau sa masse d'étoiles. À mes pieds, sur la promenade de ceinture de la Citadelle, des couples attardés passaient, et j'entendais leurs chuchotements mêlés à la musique de danse qui gémissait derrière moi.

Des souvenirs historiques m'envahissaient ; on aurait dit qu'ils rampaient le long de la falaise, comme des ombres inquiètes, et remontaient vers le bruit de cette fête. Je me rappelai que c'était au bas de ce rocher, un peu plus vers ma gauche, que, le 31 décembre 1775, à quatre heures du matin, Montgomery était tombé pour avoir offert vainement la liberté aux Canadiens.

Deux inconnus, à deux pas de moi, causaient dans l'ombre, et, durant ma longue attente de Dorothée, je dus entendre ce dialogue :

— Montgomery, racontait l'un des inconnus, s'avançait au pied du cap avec sept cents hommes. Mais les fidèles sujets du roi veillaient et gardaient le poste. Au moment où passait le chef ennemi, Chabot, qui commandait une batterie de cinq canons, fit feu et tua Montgomery. Grâce à un petit boulet de rien du tout, le Canada n'est pas perdu dans le creuset américain.

— Ça me rappelle une histoire, répondait l'autre voix. Il y avait une fois un pauvre diable qu'on avait arraché à son foyer pour le transporter dans une famille étrangère, où on l'avait forcé à changer de nom et à servir. Mis au courant de cette injustice, des amis plus riches et plus puissants que lui vinrent cerner la maison du ravisseur, et, ayant pénétré jusqu'à la victime du rapt, lui dirent : « Viens avec nous et reprends ta liberté. » Le prisonnier leur répondit : « Hors d'ici, tentateurs ! Il est vrai que je ne suis pas libre et que j'exerce ici le métier de laveur de vaisselle, de nettoyeur d'écuries et porteur de poubelles, mais ma condition pourrait être pire. Non content de me laisser vivre, on me nourrit, on me loge, on me soigne. Je serai le dernier des ingrats si j'abandonnais de si bons maîtres. »

— Votre histoire est intéressante, mais à quoi voulez-vous en venir ?

— Il n'est pas naturel de tuer ceux qui nous apportent la liberté. À l'époque où la jeune Amérique recevait le sacre de l'indépendance et forçait l'univers à l'admiration, à l'heure même où La Fayette lui prêtait l'épée de la France, il n'était pas décent que des Français fussent les ennemis des hommes qui pouvaient, en une seule nuit, les incorporer à une nation appelée à devenir la plus puissante, la plus riche et la plus libre du monde.

— La résistance partit de haut. C'est toute l'élite qui entraîna le peuple, et cette élite savait ce qu'elle faisait. Si le Congrès était resté maître du Canada, nous étions assimilés promptement. Les trois millions d'habitants de la Nouvelle-Angleterre auraient vite fait de noyer les cent mille Français que nous étions. Unis politiquement à nous, entreprenants, remuants, audacieux, les Américains seraient entrés dans notre maison comme chez eux, se seraient emparés de la grande chambre et auraient couché dans nos lits. Sous prétexte de nous émanciper, ils auraient déchiré l'Acte de Québec et auraient implanté chez nous des institutions en plein désaccord avec nos traditions et nos mœurs. Je salue donc la résistance non seulement comme un geste de loyauté, mais comme la manifestation du patriotisme le plus éclairé.

— Ce que serait devenu notre peuple, en cas d'une alliance des Canadiens avec les Américains, dans une lutte commune pour la liberté, nous n'en savons rien, nous n'en saurons jamais rien. C'est le secret des circonstances, et comme celles-ci ne se sont pas produites, on ne peut que se perdre en conjectures. Mais il est des faits certains sur lesquels je m'appuie pour apprécier autrement que vous ce patriotisme qui vous émeut. Les Français du pays avaient été conquis en 1760, quinze ans seulement, oui, quinze ans, avant la venue de Montgomery. Les Anglais étaient leurs ennemis de par la loi du sang et de la guerre, de par la loi de la nature. La génération qui avait été battue et matée vivait encore toute. Le vaincu ne doit jamais faire du zèle pour rester à l'état de vaincu. Autrement, il est un lâche.

— Quoi, nos ancêtres auraient été des lâches ?

— Non, ils ne l'ont pas été. Je le prouve. Presque toutes nos campagnes, de Montréal à Kamouraska, de la vallée du Richelieu à la Beauce, étaient prêtes à marcher fraternellement avec la liberté contre le conquérant d'hier. Nos terriens et paysans, tout ce que le peuple comptait de plus solide, de mieux trempé, de plus conforme au bon sens, saluaient la libération. Qui a empêché ces braves gens d'agir ? Ce sont leurs chefs naturels qui leur ont lié les mains. Ces chefs n'ont pas trahi, non, mais je pense que les uns étaient comblés de faveurs, les autres, de craintes, les autres, de sottise. C'est ainsi qu'on nous a empêchés d'être les arbitres du monde.

« Aujourd'hui, nous sommes les parents pauvres de l'Amérique, et nous avons l'une des civilisations les moins vivantes de toutes les races blanches du globe. Nous payons cher notre loyauté. On nous console au nom de fidélité à la parole donnée ; on oublie que cette parole nous fut arrachée de force.

« La liberté n'est pas l'unique bien que doit rechercher un peuple.

— Je pense qu'on n'avait pas le droit de plonger dans la souffrance et la pauvreté, pour un principe douteux, un troupeau de simples et de soumis. Je me place ici dans l'optique de 1775. Par bonheur le temps a travaillé pour nous. Aujourd'hui, notre peuple, jouissant d'une liberté complète, maître de sa langue, de ses institutions et de ses richesses naturelles, a échappé au destin du vaincu.

Ce dialogue se poursuivait près de moi et me faisait mal, quand j'entendis des pas. C'était elle.

XXIII

— Je n'ai que cinq minutes, dit Dorothée. Parlez vite ! Que me voulez-vous ?

— Rien que vous voir et vous entendre.

— J'avais peur que vous me demandiez une explication. Merci ! Vous êtes aussi judicieux que je le croyais. Vous savez qu'il est des choses qui ne s'expliquent jamais.

Elle avait toujours sa voix musicale d'autrefois, mais avec une altération sensible. Sa froideur affectée ne parvenait pas à voiler son émotion.

— J'ai raison de croire que vous vous seriez expliquée depuis longtemps, si c'était possible. Je ne vous dirai rien, sinon que je n'ai pu vous oublier. J'ai essayé…

— Oui, j'ai vu. Vous avez essayé. Vous n'avez pas été non plus étranger à mes pensées. Aurais-je voulu vous chasser de mon souvenir que de bonnes âmes se seraient chargées de me rappeler vos succès, dans certains mondes.

— Que dois-je comprendre ?

— Vous le savez aussi bien que moi. On vous peint comme un homme léger, inconstant, mondain. Je souhaite que ce soit faux. Ce ne l'est peut-être pas, et cela m'inquiète.

— En quoi puis-je vous inquiéter, puisque je vous suis indifférent ?

— Vous ne l'avez pas toujours été. Je vous avais mis sur un piédestal, et vous n'en étiez jamais descendu. Le cœur se serre quand on voit crouler quelqu'un pour lequel on eut un culte.

— Que ne me donnez-vous des précisions ?

— Je suis certaine que vous comprendrez. Depuis que nous nous sommes quittés, dix femmes ont passé dans votre vie. Quelques-unes vous aiment, c'est certain, et celles-là étaient peut-être dignes d'être aimées. Vous avez eu, avec elles, des moments de sincérité. Aussitôt que vous sentiez que l'amour les tenait bien, vous les abandonniez à elles-mêmes, parce que vous les possédiez, que vous n'aviez plus rien à désirer d'elles. Pas vrai ?

— C'est vous, rien que vous, que je cherchais à travers elles, lui dis-je, ému et piqué.

— Même si c'était moi que vous cherchiez, votre seul instinct vous guidait. Me chercher ainsi, moi ? Pensiez-vous sincèrement que c'était la façon de me trouver ?

Comme se parlant à elle-même, elle ajouta, sans ironie, cette fois :

— Vous arrêterez-vous jamais, vagabond de l'amour ? Qu'est-ce que ça vous donne de changer sans cesse ? Qu'est-ce que ça vous donne ? Oui, qu'est-ce que ça vous donne ? Tant d'esprit, tant d'énergie, tant d'heures précieuses, perdus en marivaudages ?

Elle releva la tête et me regarda dans les yeux :

— Est-ce que je n'ai pas raison, dites ? Moi, une petite fille, je vous dis toutes ces choses parce que je les sais vraies et que je veux votre bien. Je suis beaucoup plus raisonnable que vous.

— Dorothée, c'est vous-même qui avez détraqué ma vie. Vous le savez. Ce n'est pas ma justification, c'est mon excuse, et vous aurez la loyauté de l'admettre.

Elle ne répondit pas. Mon cœur bondissait de colère, d'amour et de haine :

— C'est bien à vous de me condamner, quand vous avez la responsabilité de mes défaillances. Rappelez-vous les circonstances de notre rupture...

— De notre séparation.

— C'est la même chose. Souvenez-vous ! La veille même du jour où vous m'annonciez que vous n'aviez plus rien de commun avec moi, vous aviez prononcé ces paroles : « Si jamais tu me manques, la vie n'aura plus d'intérêt pour moi ! » Des années durant, vous m'aviez comblé de votre amour, de vos aveux, de vos serments. Vous m'aviez lié à vous par une multitude de faveurs, d'assiduités, de souvenirs. Nous ne faisions plus qu'un. Notre vie était si intimement mêlée qu'on n'en distinguait plus la trame. D'un coup de couteau, vous tranchez tout ça, et vous voudriez que je continue, avec chaque femme mise en travers de mon chemin, à jouer mon rôle de dupe.

— Max ! Max ! ne parlez pas ainsi ! Je n'en puis plus.

— Dites donc que je ne fus pas dupe, dites-le !

— Non, vous ne l'avez pas été, cela, je vous le jure !

— Alors ?

— Je vous en prie, n'en parlons plus ! Finissons-en. On va me chercher dans la salle de danse…

Sa voix était si troublée que j'en frémissais d'aise.

— Non, vous ne partirez pas avant d'avoir tout entendu, lui dis-je, en la prenant par le bras.

— Laissez-moi !

— Non, pas encore. Il faut que je vous dise que vous avez pris toute ma jeunesse et l'avez tuée, que vous avez même aboli ma puissance d'illusion. Que reste-t-il à l'homme, quand la foi en l'amour disparaît ? Cette foi qui fait vivre, vous l'avez éteinte.

— Laissez-moi, Max, je vous en supplie !

Je libérai son bras. Elle fit un pas vers moi, en chancelant, et, se cachant la face contre ma poitrine, éclata en sanglots. Je fermai mes bras sur elle et cherchai sa bouche.

Pour la première fois depuis le grand drame, je goûtais un vrai baiser d'amour.

— Dorothée, tu m'aimes encore.

— Il ne faut pas ! Il ne faut pas ! Entends-tu ? Nous ne nous reverrons peut-être plus.

— Pourquoi ?

— Dans quelque temps, je ne serai plus de ce monde.

— Tu veux mourir ?

— Je serai dans un couvent.

Elle avait à peine prononcé ces mots qu'elle fuyait.

Dans le port morne, la sirène d'un navire déchira la nuit.

XXIV

— Lucien, j'ai vu Dorothée, hier.

— Lui as-tu parlé ?

— Oui. Et elle m'a dit qu'elle entrait au couvent.

— Le crois-tu ?

— Je n'ose pas le croire. Ses idées ne l'y portent sûrement pas, à moins qu'elle ait beaucoup changé. Meunier lui-même ne lâchera pas sa fille unique pour le plaisir de laisser à la communauté son immense fortune.

— Meunier ? Ignores-tu qu'il a passé les vingt dernières années à convoiter les honneurs de marguillier et les décorations du Saint-Siège ? N'a-t-il pas acheté de Rome, plus que leur pesant d'or, deux ou trois titres ronflants qui lui ont valu le nom d'Excellence ? Tous les ans, il a porté le dais à la Fête-Dieu. Il y paraissait dans un attirail de mélodrame. Il aurait voulu, dit-on, éclipser la cappa rouge du cardinal. Pendant que nos écoles, nos universités, nos malades et nos nécessiteux manquaient de tout, il couvrait certaines œuvres secondaires de billets de banque, pour faire épingler sur sa veste les mille et un colifichets avec lesquels les puissances amusent des vanités généreuses.

— Il est pourtant le fondateur d'une revue libre et indépendante comme la nôtre.

— J'en conviens, reprit Lucien, mais ce n'est pas pour toi qu'il a fait cela, c'est pour sa fille. Il l'aime, sa Dorothée. C'est même son mérite unique. Sans elle, il ne serait qu'un influent crétin, comme le sont les trois quarts des possesseurs de grandes fortunes en ce jeune pays. Culture, pensée, largeur de vues, on ne trouve pas ça autant chez les mercantis enrichis par leur veine ou même leur étroitesse d'esprit, que chez les quelques gueux qui sont dépaysés dans leur propre pays en devenant humains et qui, se déclassant littéralement par leur supériorité même, ont préféré la pauvreté à l'abdication.

— Mais elle, Dorothée, tu sais bien qu'elle n'a rien d'une Marguerite Alacoque.

— C'est une autre histoire. Il s'agirait de déchiffrer l'énigme. À une femme comme Mlle Meunier, je te l'ai déjà dit, il faut des raisons plus que graves pour motiver une décision de ce genre. On ne s'arrache pas aux sources de la vie sans avoir au cœur un espoir infini ou une désespérance totale. L'espoir infini, Dorothée ne l'a pas. Si elle sacrifie sa vie, c'est que la vie n'a plus de sens pour elle.

— Tu crois ? murmurai-je. Et je me rappelai une fois encore les paroles de Dorothée : « Si jamais tu me manques, la vie n'aura plus d'intérêt pour moi. »

— Dans un pays comme le nôtre, continuait Lucien, il est des détresses qui n'ont guère d'autre refuge que le couvent. Pour sortir d'un monde où elle ne respire plus, ton amie choisit la voie la plus digne. J'admire son courage. Il lui faudra extirper de sa poitrine son cœur de femme et le jeter dans les ornières du chemin ; si, dans cette misérable boue, elle le voit battre encore, elle marchera dessus à deux pieds. La chasteté desséchera son corps; l'obéissance lui prendra son âme et sa personnalité. Tu sais le mot jésuitique: obéir comme un cadavre, comme un bâton dans la main d'un vieillard…

— Je t'en prie, épargne ma sensibilité!

— J'ajoute qu'il existe, dans le cloître, beaucoup de grandeur morale. Toutes ces petites créatures qui travaillent, peinent et aiment en dehors d'un monde qu'elles méprisent et qui n'ont de sentiment que pour des objets hors de la portée des sens, sont capables d'héroïsmes dont la constance et la répétition sont à peu près inconnues ou impossibles hors des couvents. Dans la garde des orphelins, le soin des malades, le soulagement des pauvres, l'hospitalité aux infirmes et aux déments, leur patience et leur dévouement tiennent du prodige. Elles se penchent sur une misère, non pas avec une sollicitude maternelle et chaude, mais avec cette bonté commandée, où l'on sent une volonté d'agir par devoir sans céder aux mouvements de l'instinct. Elles abhorrent la nature, qu'elles pensent viciée, et elles la contredisent en tout ce qu'elle inspire. Elles commencent par réprimer en elles-mêmes toutes les impulsions qui ne tendraient pas vers l'au-delà. Elles vont jusqu'à comprimer leur corps pour en amoindrir la beauté. Elles cherchent même à surnaturaliser, si on peut dire, le sentiment le plus tendre, le plus doux, le plus terrestre que l'être puisse nourrir en ce monde, l'amour de l'enfant pour ses parents. J'ai été témoin d'une scène où une jeune cloîtrée, recevant sans préparation la nouvelle de la mort de sa mère, resta complètement impassible: regard froid et calme, silence et sérénité. On ne saurait pousser plus loin la maîtrise de soi. Je ne puis m'empêcher d'y voir une certaine beauté. J'oubliais de dire que ces femmes ne sont pas fermées à toute émotion. Il n'y a pas de doute que certaines mystiques éprouvent dans la contemplation d'un crucifix, des élans aussi violents que ceux des grandes amoureuses.

— Peu importe! je suis trop humain pour me résigner à l'idée que Dorothée meure ainsi au monde et détruise en elle-même la merveille que je connais. Je veux garder intact ce petit être si vivant, si sensible, si vibrant, cette beauté que rien n'égale.

Comme s'il avait voulu tourner le fer dans la blessure, Lucien continuait:

— On a connu de ces mystiques qui poussaient le désintéressement au point de demander au Créateur d'être privées éternellement de la vue de Dieu, si elles pouvaient ainsi le glorifier davantage.

« Tu connais ces conseils que donne aux prédestinés un Jean de la Croix:

Recherchez de préférence, non le plus facile, mais le plus difficile;

Non le plus savoureux, mais le plus insipide;
Non le plaisant, mais le répugnant;
Non la consolation, mais l'affliction;
Non le repos, mais la fatigue;
Non le plus, mais le moins;
Non le plus précieux et le plus élevé, mais le plus vil et le plus bas;
Non le désir d'une chose, mais l'indifférence;
Non l'estime, mais le mépris.

Écoutant cette citation, je sentais mon cœur se serrer. J'imaginais la frêle Dorothée se livrant volontairement au supplice de la chair, elle que je croyais faite pour toutes les joies. Le bon vivant que j'étais ne pouvait se résigner à ces images inhumaines, et du fond de moi-même montait une protestation violente :

— Non ! Non ! cela n'est pas possible ! Je ne veux pas ! Je ne veux pas !

Lucien me regardait en souriant. Il avait l'air de si bien comprendre ce qui se passait en moi que je lui en voulais d'être si intelligent, si équilibré, si raisonnable. Le cher grand ami, je lui dois pourtant d'avoir vu clair en moi-même aux heures les plus noires.

— Max, dit-il, je sais que Dorothée est en toi pour n'en plus sortir. Plusieurs femmes sont entrées dans ta vie, ces temps derniers. Si tu n'en as rien gardé, c'est que l'absente te tient toujours. Même quand elle sera au couvent, tu ne cesseras pas de l'aimer, et c'est ce qui m'alarme le plus dans ton avenir. Mais veux-tu savoir tout le fond de ma pensée ?

— N'en dis pas plus long. C'est à croire que tu as pris la résolution de me mettre à la torture.

— Non, Max, ce n'est pas mon désir. Je t'ai fait un tableau assez vif du cloître, parce que je voulais en venir à cette question : penses-tu que Dorothée soit faite pour cette vie-là ?

— Non. Et toi ?

— Je le crois aussi. Elle ne vivra pas longtemps dans le cloître, mais à cause de sa forte volonté, elle pourrait bien en sortir morte.

XXV

Un messager m'apporta un exemplaire fraîchement imprimé du *Vingtième Siècle*.

Un article de Lillois attira mon regard. C'était intitulé : « Pas une pierre où reposer sa tête. » Cette prose avait échappé à ma censure, et je la voyais irréparablement lancée aux quatre coins du pays.

Hermann parlait d'abord, avec amour et vénération, du Christ, pauvre parmi les pauvres, couchant à la belle étoile sur le sable de la Judée, vêtu d'une robe grossière, mangeant des miettes de la table des riches, marchant, maigre, pâle et blond, dans un remous de misérables, de puants, de contagieux, d'esclaves, de lépreux, de quémandeurs et de grognards, enseignant le royaume de Dieu par l'humilité, la résignation et l'espérance, fuyant les opulents, les pharisiens, la cour d'Hérode, bénissant la femme adultère et le publicain, maudissant les hypocrites interprètes de la loi et de la lettre qui tue, les formalistes, les conventionnels, les exploiteurs de préjugés et de superstitions. Ce Christ apparaissait sensible et doux comme une femme, fort et terrible comme un lion, divin plus que tous les saints, humain de tout ce qui fait l'homme, avec son composé de faiblesse, de crainte, d'héroïsme et de terreur devant la mort, humain depuis les pleurs sur la tombe de l'ami Lazare jusqu'au cri suprême : « Pourquoi m'avez-vous abandonné ? »

Franchissant d'un bond les époques historiques, Hermann se demandait quel serait le Christ du vingtième siècle avec des temples magnifiques bâtis par l'argent des gueux sous la peur de l'enfer ; avec des biens immenses cotés par la haute finance et ne rendant pas tribut à César, le César honni, à qui le pauvre Jésus rendait son effigie et son denier ; avec un monopole sur les connaissances, les écoles, les institutions ; avec le confort, le luxe et l'opulence édifiés avec la dîme du paysan ou du pêcheur ; avec la triple alliance du capital, du pouvoir civil et des choses saintes ; avec l'autocratie du dogme étouffant toute pensée libre et ne reculant pas devant la ruine voulue de pauvres diables coupables seulement d'avoir osé crier des vérités qui bouillonnaient en eux ; avec la considération, la puissance, les cadeaux, les héritages, les recettes de la naissance, du mariage et de la mort ; avec le silence servile d'un peuple habitué à plier l'échine… Que serait-il, le bon Jésus des publicains et des mendiants, avec tant de biens ?

Mais, en terminant, Lillois s'inclinait devant les apôtres des humbles et des misérables, devant les quelques « soutanes vertes », vivant dans des huttes, au fond des forêts ou dans les glaces de l'Arctique, pour tenir la lampe des espérances surhumaines sous les yeux résignés des défricheurs, des colons et des sauvages. Car il admirait la sincérité de ceux qui souffrent avec les souffrants, restent pauvres avec les pauvres, modestes avec les parias, et s'ensanglantent les pieds, eux aussi, aux épines du chemin qui mène à l'Infini.

Hermann écrivait ces pages avec une telle véhémence que je me mis à trembler pour l'existence même d'une œuvre que nous cherchions à solidifier. C'est avec prudence que nous avions marché vers l'indépendance. Nous avions démontré que l'histoire du monde ne se résume pas nécessairement à la lutte entre Lucifer et Michel; que l'art est un fait humain avant d'être un fait doctrinal; que la critique et la biographie littéraires ne doivent pas être dominées par ce seul souci de l'apologétique; que le privilège de l'enseignement ne peut, sans danger pour l'esprit, le cœur, le jugement et la science, appartenir exclusivement à une caste qui se veut hors du siècle; que la philosophie n'est pas nécessairement confinée à certains manuels écrits en mauvais latin et que la floraison des opinions est aussi indispensable à la civilisation que l'air aux voies respiratoires. Nous avions fait entendre ces vérités et bien d'autres, mais nous les avions enveloppées dans un manteau de douceur, de modération, de demi-teintes. Nous n'avions pas porté d'attaques directes, pas de ces coups de fouet qui blessent jusqu'au sang.

Je fis venir Hermann et lui dis:

— Votre article nous attirera des ennuis. Attendez-vous à une levée de boucliers. Votre signature vous vaudra non seulement les injures de toute la presse, mais la fermeture de plusieurs salons de chez nous. Les mères de famille, vous voyant, se signeront en disant à leurs enfants: « Voici le diable en personne! »

— Tu ne vas pas te risquer. Reste tranquille!

— J'y vais. Le maudit *Françås* va affronter les fils des croisés!

— Pensez-vous vraiment que ce soit aussi grave? Si j'exalte le Christ de l'Évangile, que j'aime, pour l'opposer à l'amollissante prospérité de ses représentants, qu'a-t-on à me reprocher? Nous avons déjà fait plus, et nous nous portons assez bien. Regardez-moi, est-ce que je ne suis pas l'image de la santé?

Il était en effet magnifique, ce gaillard, avec sa haute taille, ses traits aristocratiques et son expression de libre vivant.

— Mon vieux, lui dis-je, je sais par expérience que certaines gens ont plus peur du mot que de la chose. Attaquez une force sans la nommer, on vous tolérera en faisant semblant de ne pas comprendre ; ayez le malheur de la nommer, et on vous foudroiera.

— Dans ce cas, je ne reconnais plus la race qui a produit Rabelais, Montaigne, Pascal et Molière.

— Molière ? Vous avez là un exemple. Défense, ici, de jouer Tartuffe. Pourquoi ? Parce que les Tartuffes s'y reconnaîtraient. Dans les pays britanniques, le citoyen le plus estimé, c'est encore Tartuffe. Nous avons des affinités avec les puritains de Toronto, qui pèchent en jouant au bridge le dimanche, mais qui ne se feront pas scrupule de passer cette journée ivres au fond d'une chambre, volets clos.

— Que voulez-vous, Max ? J'ai passé ma jeunesse à Paris, rendez-vous de toutes les idées, de toutes les mœurs, de toutes les philosophies, de toutes les utopies, de toutes les théories. J'ai fréquenté des journalistes, des professeurs, des hommes de diverses carrières, des écrivains, des penseurs, des peintres, des musiciens, des poètes, des conservateurs, des modérés, des révolutionnaires. Tous exprimaient librement leurs convictions et leurs rêves, tous se contredisant les uns les autres, verbe haut et mot franc, mais ne niant jamais le droit de chacun à sa façon de penser, de sentir et de parler. J'ai toujours eu la nostalgie de cette humanité parisienne, humanité plus vivante, plus saine, plus reposante, disons le mot, plus humaine… Quel merveilleux creuset !

— Allez en paix, mon Hermann. Je ne vous en veux pas. Il se peut qu'il y ait de la casse, ces jours-ci. Dans quelques semaines, si nous n'en mourons pas, il n'y paraîtra rien.

XXVI

Bien entendu, la bombe éclata. Deux jours plus tard, un journaliste outragea Lillois. Après avoir emprunté quelques expressions typiques de Louis Veuillot, le plus vigoureux, le plus habile, le plus fanatique et le plus sectaire des polémistes du dix-neuvième siècle, il répétait le mot fameux de Montalembert : « Nous sommes les fils des croisés, nous ne reculerons pas devant les fils de Voltaire ! » Mot que Lucien accueillit par cette remarque : « Ce fils de croisé, auteur de la citation, se cachait dans les bois, en 1917, pour échapper au service militaire. » L'article continuait sur ce ton. On y disait, entre autres nouveautés, que Lillois représentait, non pas la France admirable de saint Louis et de Louis XIV, mais la France de la pourriture, des encyclopédistes, des Diderot, des d'Alembert, des Arouet, des terroristes, des Renan, des Anatole France, des Gide, du stercoraire Zola, des cafés-concerts, des débauchés de la Butte, bref, de tous les vices qui feraient pâlir Sodome et Gomorrhe.

Le dimanche suivant, dénonciations du haut des chaires. Cinq cents villages entendirent le même anathème contre l'étranger infâme qui osait juger des Canadiens.

Un peu partout, dans les rues des villes et sur les chemins poudreux des campagnes, on chanta le refrain : « Le maudit *Franças* ! Le maudit *Franças* ! » Tous les échos répétaient : « Le maudit *Franças* ! » Les oiseaux se cachaient derrière les branches pour répéter : « Maudit… dit, dit, dit *Franças* ! » Les chiens eux-mêmes avaient l'air de comprendre qu'on avait fait injure à leurs maîtres et jappaient leur colère en *franças*, à côté des poteaux de téléphone, dont les fils tendus comme des cordes de piano modulaient des insultes.

Chez les êtres qui, au lieu de leur chapeau, ont accroché leur cerveau à une patère, et qui croient que la tête est un appendice non seulement inutile, mais nuisible, les attitudes ridicules ont le champ libre.

Deux à trois cents membres de la Ligue de Moralité, armés de cannes et hurlant : « Ils moissonnent dans l'allégresse », leur chant le plus original, se réunirent devant notre immeuble. J'ouvris ma fenêtre et entendis : « Chou, Lillois ! Montre-toi, fumier, qu'on te casse la gueule ! » Sur une large pancarte, portée au haut d'un bâton, on lisait la devise de la Ligue : « Aimez-vous les uns les autres. »

J'appelai Hermann et lui dit :

— Écoute ! Cette foule veut te faire un mauvais parti. Je te prie de ne pas bouger d'ici avant que j'aie appelé la police.

— Moi ? Pas du tout ! Je sors, et tout de suite.

Il prit son chapeau, sa canne et descendit l'escalier, nos bureaux étant au deuxième.

Ce que voyant, Lucien le suivit.

— Je ne laisserai pas, dit-il, un camarade seul devant ces jeunes crétins.

Pendant que je téléphonais au chef de police, j'entendis des cris sauvages, des bruits de vitres cassées, des piétinements. Le message terminé, je courus à la fenêtre. Hermann venait de franchir le seuil. Un grand garçon, portant béret, face congestionnée, l'apostropha avec je ne sais quelle insanité. Lillois, qui connaissait un peu de boxe, l'envoya promener d'un coup de poing. Une grêle de cailloux s'abattit sur notre porte. Lillois, qui luttait, des pieds, des mains, pour se frayer un passage à travers la meute, reçut une pierre au front. Il chancela.

Lucien sortit à son tour. Il parut très grand et terrible. L'indignation décuplait ses forces. Il avait les épaules larges, le cou puissamment attaché au tronc, et, quand sa main énorme se leva vers les forcenés, il y eut un moment de silence et de stupeur. Les jeunes connaissaient Lucien non seulement pour le plus sympathique des hommes, mais pour un athlète.

— Vous ne toucherez pas à celui-ci ! cria-t-il en montrant Hermann, que le sang aveuglait. Sinon, gare à vous ! Si c'est aux poings que vous voulez régler le problème, j'invite chacun de vous à venir ici. Vos pères ont autrefois salué le génie de Sarah Bernhardt par une grêle d'œufs pourris. Aujourd'hui, vous défendez vos vérités avec des pierres. Je vous en félicite !

Ce disant, il prit Hermann par le bras et s'enfonça dans la foule hésitante, qui s'ouvrit d'elle-même. Un jeune colosse voulut leur barrer le passage ; Lucien l'envoya rouler par terre, et on entendit le son de vide que donnent certains crânes en bondissant sur l'asphalte.

Tous deux passèrent ainsi. La stature et le magnétisme de Lucien avaient conjuré l'orage. Les gendarmes, qui arrivaient à grand bruit de sirènes, nettoyèrent la place. On trouva sans connaissance sur la chaussée le jeune homme assommé par mon brave ami. On reconnut celui-là même qu'un ligueur avait envoyé, un jour, à la devanture d'un théâtre, pour y lacérer à coups de couteau des affiches sur lesquelles une femme décolletée se permettait d'embrasser un cheval.

L'épreuve n'était pas terminée. De tous les coins de la ville et de la province, on nous renvoyait le *Vingtième Siècle* avec ce mot sec : « Refusé ». Des universitaires, des médecins, des avocats, des ingénieurs, dont nous connaissions les idées identiques aux nôtres, se délivraient du papier compromettant. Ils craignaient pour leur chaire ou leur clientèle. À la campagne, c'était pis. Pas un villageois ne voulut se risquer, à cause des indiscrétions des voisins, à héberger la revue diabolique. Tous les députés nous la retournaient en s'excusant de ne pouvoir la garder, vu les élections prochaines.

Quand parut le numéro suivant, les maîtres de postes de diverses municipalités, sur l'ordre de certains chefs, refusèrent de livrer notre périodique. On nous le retourna par ballots non déficelés.

Nous gardâmes à peine cinq mille fidèles, les plus cultivés et les plus pauvres. Les plus influents et les plus riches nous avaient lâchés.

La lutte, la vraie lutte pour la vie, commençait pour moi. On s'était attaqué personnellement à Lillois, mais on savait qu'il travaillait sous ma direction. On me tenait responsable. Je portais sans la nier cette responsabilité, je la chérissais d'autant plus qu'elle me coûtait cher. Nos meilleurs annonceurs, vivant d'une clientèle chatouilleuse, nous retirèrent leurs annonces. D'où perte irréparable de revenus.

Quelques consolations restaient à l'exécrable que j'étais devenu. Trois mille lettres s'accumulèrent en quelques jours sur mon pupitre. Jeunes étudiants, jeunes filles, hommes et femmes de tout âge et de toute condition, m'adressaient l'expression de leurs regrets et me suppliaient de tenir bon.

Ces témoignages ne nous rendaient pas les biens perdus. Ils nous réconfortaient en nous révélant l'existence, dans le foyer de colonialisme intellectuel où nous vivions, de quelques milliers d'êtres plus forts, plus francs et plus courageux, à qui l'ambiance n'avait pas réussi à enlever les qualités qui font aimer l'humanité. Pouvions-nous demander plus ? On ne saurait espérer qu'une société sur laquelle on a pratiqué une sorte de castration morale, abandonne du jour au lendemain ses préventions ou ses terreurs.

Lillois, qui voulait démissionner, à la suite de son article, et dont j'avais énergiquement empêché le départ, causait spirituellement de notre aventure :

— Nous avons, disait-il, servi l'art, les lettres, l'histoire, la science et la politique dans ce qu'ils ont de plus élevé et de plus attachant. Nous avons soulevé un coin du voile sur les génies français, allemands, russes, italiens, anglais, scandinaves. Et après avoir porté devant les foules le rayonnement de l'esprit, nous voici sous le coup de l'ostracisme. Toutes les puissances sont contre nous. Nous sommes cinq mille contre un million.

« Avons-nous affaire à de grands enfants ? Mettez devant un bambin de cinq ans une gerbe de ballons coloriés et le plus riche diamant de la couronne anglaise : le petit choisira les vessies.

Hermann faisait ces réflexions face à la fenêtre. De l'autre côté de la rue, il voyait l'enseigne d'une petite revue, vouée à l'organisation des pèlerinages et à la collecte des offrandes pour l'entretien d'une école de nègres au fond du Sahara.

— Les directeurs de cette revue sont bien heureux, disait Hermann. Ils ne risquent rien.

— Hermann, ça changera. Chez tous les êtres de la nature animée ou inanimée, l'action provoque la réaction.

— Vous n'avez pas les réflexes très vifs, vous autres. On dirait que vous avez du sang de phoque. Soyez plus gais, plus légers, plus nature. Buvez donc du vin, nom de Dieu !

XXVII

À quelque temps de là, je fus invité, avec Lucien, chez son ancien professeur, Louis Latour. Maintenant juge de la Cour suprême, celui-ci avait assez d'indépendance pour fréquenter sans danger le *Vingtième Siècle*. Lui et sa femme nous reçurent à bras ouverts. Les autres invités nous accueillirent plus froidement. Ils furent à peine polis.

Sentant l'hostilité du milieu, je me jurai de me venger en froissant les convictions de quelques-uns.

Au milieu de la soirée, pendant la partie de bridge, un gros bourgeois me dit avec un certain air de condescendance :

— On dirait que vous n'aimez pas votre « race », vous autres. Vous critiquez tout ce qui se fait chez elle. Vous connaissez peut-être le proverbe anglais qui dit que l'oiseau qui salit son nid est un sale oiseau.

— Je vous félicite d'être si fort en proverbes. Il y en a de bien beaux. Mais un proverbe ne prouve jamais rien. N'avez-vous pas observé que ce sont, le plus souvent, les mécontents d'un peuple qui sont le plus attachés, le plus dévoués à ce peuple ?

— Vous avouerez que vous en abusez, du mécontentement.

— Vous êtes content, vous ? Content de vous-même, content de tous et de tout ? Vous êtes fier de la génération que vous représentez ?

— Notre histoire devrait suffire.

— Nous en parlons trop, de notre histoire. Nous imitons les Hindous, qui arriérés, crasseux, miteux et ignorants, s'efforcent, par la lecture de vieux textes, de se persuader qu'ils valent les Européens qui les dominent et les bottent au derrière. Devant les Anglais et les Américains, qui nous dépassent par l'action, la fortune, les arts et la science, sans compter le bien-être et la force physique, nous allons nous cacher sous notre histoire comme des marmots humiliés sous la jupe de leur mère.

Une petite femme brune, malingre et prétentieuse, glapissait du fond du grand salon :

— Vous êtes pourtant un Canadien, vous ?

— Oui, je le suis, mais c'est toujours un signe de force spirituelle que de ne pas se laisser posséder par l'esprit de corps ou le fanatisme de famille. Pour juger la valeur d'une nation, il faut se placer solidement sur le plan humain. Autrement, on est le hibou disant à l'aigle qu'on reconnaîtra ses petits à ce qu'ils sont mignons.

La petite femme brune prit son air le plus important, et, rouge d'indignation, dit solennellement :

— Nous sommes aussi fins que vous. Il en est qui jugent autrement que vous et qui vous valent bien.

Ce fut l'argument suprême de cette petite réunion, où les demi-civilisés furent ravis de la puissance de raisonnement de la vive brunette.

— La Chine aussi, continuai-je, a une belle histoire, de même que l'Égypte, la Syrie, la Perse, pour ne nommer que ces pays, et pendant que ceux-ci se couvrent la poitrine de leurs annales glorieuses, les Japonais, les Anglais et autres puissances, qui ne parlent jamais de leur passé au moment de l'action, leur apprennent cruellement que la vigueur présente et la vie vécue sont de meilleurs moyens de défense que les gestes des morts.

La petite brune ne désarmait pas : elle avait la conviction de posséder un esprit supérieur :

— À vous entendre, criait-elle, il faudrait cesser d'apprendre l'histoire.

— Je dis qu'il ne faut pas y chercher son unique titre de gloire. Une histoire non soutenue par les vivants est un stigmate et non un honneur, parce qu'elle marque une déchéance. Cette réserve faite, j'admire autant, et plus que vous peut-être, les hommes qui ont fait ce pays. Je n'aime guère, il est vrai, les personnages de vitrail et de pèlerinage que nous créent nos manuels, mais j'ai un culte pour nos découvreurs et nos aventuriers, pour nos pionniers qui, le fusil à la main, frôlant toujours la mort, défrichaient les terres qui ont nourri nos pères ; pour les coureurs des bois, grands bohèmes de la nature, allant vers l'infini comme des poètes de génie ; pour ces imaginatifs puissants, que le rêve conduisait à la fondation d'un empire. Qu'avons-nous fait de cette richesse de l'atavisme ? Ne dirait-on pas des poussins couvés par des faucons ?

Le timbre téléphonique retentit dans la pièce voisine. Quelqu'un m'appelait. J'accourus à l'appareil :

— Ne me nommez pas devant les autres, dit une voix, c'est Dorothée qui vous parle. Il faut que je vous voie ce soir même, et que personne ne le sache. Il est onze heures. Où pouvez-vous me rencontrer, disons, dans vingt minutes ?

— Chez moi.

— Vous n'y pensez pas ?

— C'est le seul endroit où personne ne vous rencontrera, surtout à cette heure tardive.

— Fort bien ! J'y serai.

XXVIII

— C'est toujours beau chez toi, dit Dorothée en entrant. Comme c'est intime et chaud ! Chez nous, c'est vaste, c'est silencieux, froid.

— Il ne tiendrait qu'à toi de venir ici plus souvent.

— Il ne faut pas même y songer, mon grand Max. Ce soir même, je commets une imprudence. Si on me voyait…

— Ne crains rien. Je ferai sentinelle dans la rue pour que tu sortes en sécurité.

— Bien. Je te dis en deux mots ce qui m'amène. Tout à l'heure, un personnage a eu, avec mon père, une conversation où il a été fortement question de toi et de ta revue. Tous deux étaient assis dans le grand salon. Moi, dans le boudoir voisin, je faisais semblant de lire; mais, ayant entendu ton nom, j'ai commis l'indiscrétion d'écouter.

« — J'ai su de bonne source, disait le personnage, que c'est avec des fonds à vous que cette publication dangereuse a été créée.

« — C'est faux! On a voulu me calomnier.

« — Inutile de nier. Mes renseignements sont exacts. Au reste, je ne vous en tiens pas rigueur. Vous ne connaissiez rien des intentions de ces jeunes gens, entre autres, de votre protégé, Max, qui a toutes les apparences d'un honnête garçon et que vous avez ensuite – c'est une bonne note pour vous et votre fille – prudemment éloigné de chez vous. Ce n'est donc pas vous qui êtes fautif.

« — Je comprends de moins en moins.

« — Voici: ayant involontairement collaboré à une œuvre dangereuse, vous pouvez volontairement y mettre fin.

« — Je ne vois vraiment pas…

« — Les jeunes gens qui ont entrepris de troubler les consciences par la diffusion d'idées subversives et d'une morale relâchée, ont eu double mobile : le désir de l'indépendance inhérent à leur âge et l'exploitation d'un filon dont ils pensaient tirer renommée et fortune.

« — C'est bien mon opinion.

« — N'est-ce pas ! Il me semble que si vous alliez les trouver pour leur rappeler les services que vous leur avez rendus, et leur demander, en grâce pour vous, de modifier leur ligne de conduite dans le sens de la tradition, ils vous écouteraient.

« — Je ne le crois pas. Ils ont l'avantage d'une instruction que je n'ai pas. Ils se donnent sur moi des airs de supériorité et de protection qui m'enlèvent toute mon autorité.

« — Ce n'est pas tout. Je représente un groupe qui leur garantira à chacun une compensation matérielle le jour où ils auront accepté une direction que nous leur indiquerons.

« — Ils diront qu'ils ne sont pas à vendre et me mettront à la porte.

« — Qui, *ils* ? Vous ne traiterez qu'avec un seul, le chef. Vous discuterez entre quatre murs. Ce n'est pas l'homme que vous achèterez, c'est la revue. Oui, ne vous étonnez pas : nous avons décidé d'en faire l'acquisition pour la bonne cause…

« Le dialogue se poursuivit quelque temps. Il y fut question de dollars – je n'ai pas saisi le chiffre – de doctrines, de péril national, que sais-je encore. À la fin, j'ai compris que mon père cédait et qu'il devait vous voir demain matin. Avant de consentir, il posa cette question au personnage :

« — Je doute fort que ces jeunes acceptent une somme d'argent en échange de l'abandon d'un travail quotidien.

« — 'y ai pensé. Tous les rédacteurs du *Vingtième Siècle* resteront à leur poste.

« — Comment pourront-ils contredire demain, sous leur signature, ce qu'ils écrivent aujourd'hui ?

« — C'est un phénomène qui se voit souvent dans le journalisme. Il ne faut pas y attacher d'importance. Vous ne sauriez croire combien le grand public oublie vite. J'ai même pensé qu'il nous serait facile de satisfaire leur esprit critique en leur offrant des sujets assez risqués, des sujets de la période transitoire. Je leur permettrai volontiers, par exemple, de s'attaquer, même violemment, à l'insuffisance de l'enseignement, du personnel enseignant et des programmes de nos institutions. Quelqu'un pourra même les devancer dans cette critique. Je me rends bien compte moi-même que nos gens n'ont pas été à la hauteur de leur tâche et que nous ne formons pas beaucoup de grands hommes. Vous comprenez ? Ce sera un excellent moyen de ménager l'honneur de ces jeunes gens de talent et de sauvegarder habilement les principes essentiels.

« Voilà ce que j'ai compris, ajouta Dorothée. Je n'en sais pas plus long.

Elle s'arrêta. Elle avait raconté l'entretien avec une grande fidélité, bien que des détails lui eussent échappé. Je la regardais avec intensité, de toute mon âme. Elle avait toujours son petit visage ferme, si expressif et original.

Et quelle élégance dans sa mise, cette élégance que j'avais tant aimée chez elle, dès les premiers temps de notre amour. Comme on était aux premiers jours d'octobre, et qu'il faisait froid, elle avait mis un manteau à col de vison, et la fourrure douce, en forme de collerette, lui moulait les épaules et le dos jusqu'à la taille. Elle avait cette attitude droite, fine, élancée, légère, qui est, chez la femme, caractéristique de bonne et fière race.

J'étais si heureux de la regarder que j'avais peur de rompre le charme en parlant. Il me semblait que plus rien n'existait au monde que cette créature qui eût suffi à remplir dix vies comme la mienne. Les souvenirs de nos intimités anciennes m'assaillaient par masses. Tous ses jolis mots qu'elle savait si bien dire ou écrire me revenaient ensemble. Un jour, dans un élan passionné, elle m'avait dit: «Je voudrais posséder les cœurs de toutes les femmes de l'univers pour t'aimer comme je le désire.» À ce moment-là, pensais-je, notre amour était si haut, si vaste, si brûlant et si véhément, qu'aucune expression humaine n'eût pu le décrire.

Après un long silence, elle me demanda:

— Que comptes-tu faire?

— Que ferais-tu à ma place?

— Moi, ô moi, tu sais bien que je ne céderais jamais, entends-tu, jamais!

— Crois-tu que je céderais davantage?

— C'est justement pour m'en assurer que j'ai pris, ce soir, le risque de venir.

— Le risque?

— Je t'en supplie, Max, ne me pose pas de questions. Je te dirai seulement, avant de partir pour toujours, de garder ta pensée, ton œuvre. Si tout cela qui est toi et que j'ai aimé, qui est tout ce que j'aimai jamais, tout ce que j'aurai aimé avant de mourir, venait à périr, vois-tu, il se trouverait que je n'aurais rien chéri de vrai en ce monde, que je me serais trompée dans ce qu'il y a de plus tendre et de plus fort dans mon être. Je ne puis me faire à cette pensée.

— Petite Dorothée ardente, mystique et compliquée, ne joue plus la tragédie avec moi, qui suis Max et qui sais que notre amour à nous deux n'est pas mort. Reviens, comme autrefois, confiante, gaie, exubérante. Tu étais la joie de vivre. Partout où tu passais, tu versais dans les cœurs un sourire. Ton regard aussi tendre que le rayonnement des roses mettait du parfum partout où il se posait. Redeviens toi-même, Dorothée !

— Je ne serai jamais plus moi-même.

— Ce soir, c'est notre premier rendez-vous nocturne depuis notre séparation. Oublions que tu as un secret et que je fus fidèle. La nuit est avec nous, complaisante, sereine, amicale, la nuit, qui, du fond de sa discrète éternité, prête son manteau de tendresse à ceux qui s'aiment.

— Comme tu dis ces choses, Max ! J'aime t'entendre. Tu as une voix faite pour l'amour, on dirait. Je comprends que tant de femmes aient voulu passer dans ta vie. On sent ton âme, ta passion, à travers tes yeux, ta voix, ton sourire, ta tristesse, tout. Il se dégage de toi un magnétisme auquel personne ne résiste, auquel personne, je crois, n'a jamais résisté. Je ne voulais pas te le dire, autrefois, de peur de te rendre trop conscient de ta force. Je te le dis maintenant, parce que tu es plus sage, du moins je le crois, et que c'est la dernière fois que nous nous voyons.

— Encore tes idées de couvent, je suppose ?

— Oui, Max. Dans deux jours, je serai au couvent.

— Tu ne partiras pas ! Je ne veux pas, je ne veux pas ! Tu sais bien que tu n'es pas faite pour cette vie-là. Dans quelques mois, tu sortiras de là désemparée, désaxée, brisée.

— Je n'en sortirai pas vivante. Tu ne me connais donc pas. J'ai de la volonté comme tous les Meunier. Aujourd'hui, je faisais mes adieux à un tas de choses chères. Ce matin, de très bonne heure, j'allais chercher, dans un tiroir, ce coffret d'acajou où j'avais enfermé toutes tes lettres d'amour, ces lettres que tu écrivais si bien et que je relisais vingt fois. J'ai fait une flambée dans la cheminée, et je les ai brûlées, lentement, une à une, savourant mon supplice. Une partie de moi-même s'en allait en fumée. Quand il ne resta plus que la dernière, je l'ouvris du coin, un peu seulement, et lus : « Loulou, mon cher amour… » Je me souvenais du son de ta voix, quand tu disais : « Mon cher amour », et je me suis mise à pleurer. Dans la journée, je me suis promenée à cheval, mon beau petit cheval gris, qui m'aime tant. Il froissait joyeusement de ses fines pattes les feuilles mortes de l'automne, dont les couleurs vives éclataient au soleil du matin, un soleil comme je n'en verrai peut-être plus. Je lui disais, à mon cheval : « Jack, c'est ta dernière course avec Dorothée. Tu ne viendras plus la surprendre, ta Dorothée, en passant ta longue tête par-dessus mon épaule. » Il avait l'air de comprendre. Il ralentissait le pas et tournait vers moi ses yeux tristes. Revenue à la maison… Max, excuse-moi…

Elle ne put continuer. Les sanglots la suffoquaient. À peine eus-je le temps de me pencher vers elle pour la consoler qu'elle s'était levée d'un bond et avait fui vers la porte en criant à travers ses larmes.

— Adieu, Max !

XXIX

Meunier se présenta chez moi si changé, si décrépit, que je n'en pus croire mes yeux. Je l'avais connu arrogant, vaniteux, avec des traits durs, qui ne s'attendrissaient que devant sa fille. Comme il était cassé ! La première fois que je le vis, ses cheveux, très abondants, grisonnaient à peine. Maintenant, la calvitie l'avait presque tout découronné. C'était un vieillard que j'avais devant moi, et il n'avait pas soixante ans.

Pour le mettre de bonne humeur, je lui dis qu'il avait meilleure mine que jamais. Il sourit et soupira :

— Il n'est pas facile, allez, de rester jeune.

À son accent, je pensai qu'il avait dû, au cours de ces dernières années, recevoir un choc. Probablement, me disais-je, une perte d'argent.

Après bien des détours, il en vint au but de sa visite. Comme j'avais été prévenu, je l'écoutai avec calme, sans manifester aucune surprise. Cet accueil lui donna de l'assurance.

— L'affaire me semble bonne, dit-il. On vous donne cinquante mille dollars pour une revue qui, à ce qu'on prétend, a perdu, en quelques semaines, les trois quarts au moins de ses abonnés. Il est vrai que les acquéreurs espèrent, avec un changement dans l'esprit des articles, reprendre le terrain perdu.

— Où trouverez-vous vos rédacteurs et de quel esprit vous inspirerez-vous ? Ignorez-vous que, le jour où vous aurez fait, de cette publication, une réplique du *Messager de Sainte-Euphémie*, pas un des abonnés actuels ne voudra vous lire ? Même les anciens, ceux qui nous ont abandonnés après l'affaire Lillois, vous dédaigneront.

— Le groupe que je représente compte bien vous garder comme rédacteurs, vous, Lucien et le Français. C'est même là une des conditions de la transaction. Vous aurez assez de talent, assez… de souplesse, pour virer sans que ça y paraisse. Il serait maladroit d'abandonner du jour au lendemain votre allure frondeuse. Il y a tant de sujets où vous pouvez fronder sans toucher aux questions essentielles. On avance plus à louvoyer qu'à baisser les voiles.

— N'ayant jamais été marin, je ne sais pas louvoyer. Autant vous le dire tout de suite, ça ne marchera pas. Nous préférons la misère à cette sorte de trahison. Ce que vous me proposez là, ce n'est pas seulement un compromis avilissant, mais l'abandon de quatre à cinq mille amitiés solides et sincères au profit d'une bande de roués qui nous couvriront du mépris dont on accable toujours les lâcheurs.

— Vous exagérez, jeune homme. Des personnages qui changent, j'en ai connu dans la politique, dans les journaux et ailleurs. Ils font vite oublier ce qu'ils ont été. Pourquoi ne pas les imiter, ne fût-ce que par considération pour moi ? C'est moi qui ai fondé cette revue avec mes capitaux. Je vous avais donné cet argent, oui, donné, au point de ne jamais demander compte de son emploi.

— Vous le regrettez ?

— Je ne l'aurais jamais regretté si une indiscrétion n'avait fait savoir en haut lieu que c'était moi le responsable... de vos difficultés. Vous me voyez maintenant dans de beaux draps. Plusieurs fois décoré, soutien d'une foule de bonnes œuvres, officier de dix sociétés de bien-pensants, je fais maintenant figure de traître.

— Plutôt que d'accepter votre plan, je préfère périr tout entier. Vous voulez la mort du *Vingtième Siècle*, vous l'aurez.

Puis, emporté par l'indignation :

— Donnez-moi quelques semaines de répit, et je vous rendrai vos cinquante mille dollars.

Meunier éclata. Son air dur et violent des anciens jours reparut :

— De l'argent, moi ? Vous pensez que c'est de l'argent que je viens chercher chez vous ? Qui en a le plus besoin ? Vous ou moi ? Quand je vous ai rencontré, vous n'aviez pas le sou et personne ne vous connaissait. Sans moi, vous ne seriez rien !

— C'est justement parce que je ne veux plus vous entendre me reprocher vos générosités que je vous offre de vous payer. Un homme d'honneur ne peut, dans ces conditions, se permettre de rester en dette avec vous.

— Un homme d'honneur ne devrait pas tendre de piège à un homme comme moi. Est-ce que je savais ce qui allait arriver ? Vos idées, est-ce que je m'en occupais, de vos idées, moi qui vivais si bien sans elles ?

Et dire que vous vous êtes mis à deux pour me rouler, pour me fourrer dans ce pétrin : vous avez enjôlé ma Dorothée pour me forcer la main avec ce que j'ai de plus cher au monde. Ma fille ! Ça l'a payée ! la rupture ! le couvent !

Meunier faisait pitié à voir. Il avait prononcé le nom de sa fille en changeant de ton, non plus avec colère, mais avec un accent de détresse si sincère que j'eus pitié de lui.

Tout à coup, je le vis qui portait la main au cœur.

— Aïe ! Aïe ! gémit-il. Comme ça me fait mal, là !

Il se renversa sur sa chaise, la face congestionnée, le front couvert de sueur, les dents serrées.

— Une crise ! balbutiait-il… Détachez mon faux-col !… De l'air, de l'air ! Ouvrez la fenêtre ! J'étouffe !

J'étais affolé. Je sonnai mon secrétaire et lui jetai :

— Vite, un médecin pour M. Meunier !

— Pas la peine ! haleta Meunier. Ça se dégage… Je sens que ça va mieux… Attendez ! Dans quelques minutes, je reviendrai… Ce que c'est dur ! La troisième fois que ça m'arrive… On dit que c'est de l'angine.

Revenu à lui, il partit presque aussitôt et murmura :

— En vieillissant, vous verrez que la vie est lourde à porter.

XXX

— Dorothée vient d'entrer au couvent, dis-je à Lucien. À ce malheur s'ajoute la dette d'honneur que j'ai contractée envers son père. J'ai le cœur brisé et je suis ruiné. Comme déveine, c'est complet.

— Bah ! Il s'agit de ne pas se décourager. On n'est vraiment vaincu que le jour où l'on croit l'être.

— Je me sens battu sur toute la ligne : battu dans ma vie amoureuse, battu dans ma vie intellectuelle, battu dans ma vie matérielle même. Avec quoi veux-tu que je lutte, désarmé comme je suis ? Je m'étais donné pour mission de rendre respirable, sur cette terre que j'aime entre toutes, l'atmosphère spirituelle, et on a trouvé moyen de nous asphyxier. Je ne concevais pas la formation des élites de l'esprit sans indépendance. L'indépendance ! Vain mot ! On dépend toujours de son milieu. Je me demande si nous n'avons pas fait un songe et si nous ne sommes pas tout simplement au pied de l'échelle de Jacob ou dans les bras des moulins à vent. Don Quichotte avait autant raison que nous, le pauvre Quichotte !

Nous fûmes cinq minutes sans parler, accablés tous deux non par la défaite, mais par la fuite de notre idéal même. Lucien rompit le silence :

— Tu ne t'es jamais demandé pourquoi tant de misères intellectuelles et morales nous environnent, pourquoi l'éclosion d'une vraie culture est si lente chez nous, pourquoi notre bourgeoisie, qui nous tient lieu d'aristocratie, a acquis si vite la décrépitude et les vices des vieilles civilisations, sans en assimiler la science, l'art, la pensée et la tolérance ?

— Et toi, qu'en dis-tu ?

— Notre petite bourgeoisie est toute formée de déracinés. Il suffit de remonter à une ou deux générations pour y rencontrer le paysan. Tout le fond de la race est là. Aussi longtemps que les nôtres sont paysans et demeurent près de la nature, ils possèdent les dons les plus riches de l'humanité : intégrité, douceur, ordre, sacrifice, oubli de soi, sincérité de foi et de mœurs. Le pays leur doit tout. Prenez-les et essayez de leur faire une vie cérébrale, après leurs trois siècles d'atavisme terrien ou forestier. Vous faites d'eux surtout des égarés. Dans leur champ, ils pensent juste, et leur pensée s'arrête à la limite que leur prescrit l'autorité, non pas parce qu'ils sont dupes ou veules, mais parce qu'ils savent qu'il est nécessaire d'obéir à quelqu'un en ce monde. La soumission du bon sens, quoi. C'est cet esprit qui les a grandis et les a poussés à des actes d'un courage et d'une beauté inouïs. Instruisez maintenant ces hommes si près de la nature. Si vous n'êtes pas en état de les élever jusqu'à la plus haute culture et jusqu'à la plus forte discipline de l'esprit, vous faites d'eux une génération de ratés. Vous créez en leur âme un état artificiel qui, chez les vieilles races, serait considéré comme un acheminement, et qui, chez nous, n'est que trop souvent le terme de la formation. D'une instruction de transition, on fait, chez nous, une éducation cristallisée. L'individu des vieux pays qui tend vers l'élite et qui commence son entraînement intellectuel, une fois entré dans la période artificielle dont je viens de parler, s'échappe de cet état de déformation relative afin d'aller plus loin, beaucoup plus loin, dans le perfectionnement de sa personnalité ; et il se rapproche de nouveau de la nature, cette nature qui est le commencement et la fin de toute valeur humaine portée à son raffinement suprême. Le malheur, en ce pays, je le répète, c'est que la plupart s'enlisent dans la période de l'artifice. Plus de quatre-vingt-dix-neuf pour cent des Canadiens instruits sont des primaires. Après leur vingtième année, ils n'apprennent plus rien que la routine de l'expérience et ils ne pensent plus à rien qu'à ce qu'on leur a dit de penser. Ils s'atrophient. Vois-tu la gravité d'une telle situation ? Notre élite, ce qu'on appelle sans ironie notre élite, porte fièrement sa petite provision de connaissances sur l'histoire, les mœurs, la philosophie et les arts du monde. On dirait un éléphant attelé à une brouette d'enfant. Comme toute nourriture spirituelle porte en soi des ferments de dissolution morale, c'est cette dissolution seulement qui agit sur nos pseudo-intellectuels. De là, chez eux, tant de signes de dégénérescence précoce. Je leur préfère de beaucoup les paysans de vieille souche, qui ont gardé la mesure, le bon sens, l'équilibre.

En écoutant Lucien, je revoyais ma petite enfance. Moi aussi, j'étais issu de la terre. J'avais marché dans les labours, à la suite de mon aïeul, vieillard à barbe blanche, qui besognait du petit jour jusqu'au coucher du soleil, qui garda jusqu'à la mort sa jeunesse de cœur, et dont le visage ne refléta jamais l'ombre d'une passion mauvaise.

— Je veux, dis-je à mon ami, revoir la vieille maison de mes ancêtres. J'ai besoin de m'y retremper. Viens-tu avec moi ?

XXXI

L'air des montagnes ! Qu'il fait bon de le respirer ! La voici, la petite maison de grand-père ! Elle se dresse encore joliment sur le sommet qui surplombe le fleuve salé. Elle était faite pour être là, cette maison. On la voyait de partout. Elle luisait au soleil, dans sa blancheur de chaux, et elle ouvrait jadis toutes grandes, à la lumière du ciel, ses fenêtres à carreaux. Elle n'avait rien à cacher, car tout en elle était pur.

Elle a bien changé. Je l'avais vue pleine de garçons et de filles ; ils sont tous partis. L'étranger qui a acheté la terre n'a pas cru devoir habiter cette demeure où purent naître, vivre et mourir quatre générations d'honnêtes gens. J'aime autant le voir vide, ce foyer sacré, que d'y rencontrer du sang étranger.

En remontant le sentier qui conduisait à ces ruines, je m'arrêtai contre une large pierre plate, qui bordait autrefois le jardin.

— La dernière fois que je vis grand-père, dis-je à Lucien, il était assis sur cette pierre. C'est là qu'il m'embrassa en disant : « Mon petit Max, je me fais vieux. Je ne te reverrai plus. Sois toujours un honnête homme. » Il avait les larmes aux yeux. Je le vois encore avec son regard bleu et doux, sa face toujours jeune, presque sans rides, colorée comme à vingt ans, sa longue barbe sous laquelle il souriait candidement.

Nous allions franchir le seuil bien-aimé quand l'idée me vint que les vieilles maisons ont une pudeur, et je dis à mon compagnon :

— Si tu veux, j'entrerai seul. Je désire vivre seul ces émotions qui ne sont que pour moi, le petit-fils.

La porte était verrouillée, les fenêtres, fermées avec des planches. Après avoir décloué une de celles-ci, je pénétrai à l'intérieur par un carreau sans vitre.

Et je marchai dans l'ombre humide comme en un cimetière. Tant de choses mortes, sous mes yeux, à la fois ! Je m'habituai vite au clair-obscur et distinguai plus nettement les objets.

C'est ici la grande salle où l'on servait les repas à une tablée de douze personnes. Grand-père était assis, là, à l'autre bout, tranchant une miche de pain noir qu'il tenait sous ses bras noueux. Grand-mère portait du fourneau à la table de bons et substantiels plats dont, après bientôt vingt ans, j'imaginais le parfum d'herbes aromatiques. Quatre belles filles et cinq grands gars, mangeant ferme, parlaient de la récolte ou du troupeau de dindons. Dans un coin de droite, près de la fenêtre, c'était la huche avec son odeur de pâte et de levain. À l'angle opposé, je m'étais souvent amusé à regarder l'aînée filant de la laine. Certains jours, le rouet disparaissait pour faire place à la machine à ourdir. Près de là, un métier à tisser, au solide bâti, pour fabriquer les lourdes et chaudes étoffes du pays. Tout autour, les chambres à coucher. La première dans laquelle je pénétrai contenait un vieux lit sans sommier, et je reconnus la pauvre couche funéraire de mon père mort là, en ma présence, à l'âge de trente-trois ans. Au moment d'expirer, ses grands yeux, déjà remplis par la vision de la mort, s'étaient tournés vers moi – je m'en souvenais comme d'hier – avec l'air de dire : « Petit, mon cher petit, je ne te laisse rien que la vie. Fais-en bon usage. Je veillerai sur toi ! » Je crois en effet qu'il a veillé sur son fils du fond de son immortalité : il m'aimait tant ! Dans la chambre voisine, l'aïeul et sa femme couchaient. C'est là qu'ils avaient aimé, engendré, conçu, là qu'étaient nés tous ceux que j'avais chéris et qui m'avaient comblé de caresses. Plus loin, veillait et dormait, dans ce temps-là, une nonagénaire qui trimait tout le jour... Presque tous ces gens étaient morts. Enfin, à l'autre extrémité, le salon, pièce scrupuleusement fermée trois cent jours par an, couverte de beaux tapis de laine fabriqués à la maison, ornée d'une horloge grand-père qui ne dormait jamais et sonnait toute la nuit. Quelle nécropole !

Par un escalier raide, je montai sous le toit. Ma chambre d'enfant était encore là ; un faible jour filtrait sur les restes d'un grabat, celui qui avait été le mien et où les rêves m'apportaient leurs joies ou leurs terreurs. J'ouvris une porte et me trouvai dans le grenier. Il y avait là un vieux rouet, une machine à coudre démontée, une huche éventrée, des boîtes à grains, des chaises boiteuses, des sommiers rouillés, tout un passé de ruines gisant comme les ossements exhumés des tombeaux anciens. Chacun de ces objets portait, j'en étais sûr, l'empreinte des mains qui l'avaient touché. Il me semblait même qu'une odeur âcre de corps au travail, cette odeur animale qui m'était familière, quand j'étais petit, s'en exhalait.

Une émotion montait en moi, puissante, irrésistible, elle montait du fond de ma poitrine, s'engouffrait dans ma gorge, puis me retombait dans le cœur par torrents. Je voulus fuir cette étreinte du passé et descendis précipitamment l'escalier. Alors, j'eus nettement l'impression que tous ces chers débris oubliés reprenaient vie, se réveillaient d'un long sommeil et me suivaient. Oui, toute la maison devint vivante.

— J'ai gardé le pain qui t'a nourri, disait la huche. Ne me quitte pas ! Ne me quitte pas !

Le rouet chantait :

— J'ai filé la laine qui t'habilla quand tu étais grand comme ça. Pourquoi rougirais-tu de moi ?

Et les voix continuaient :

— Je suis le bon blé que l'on coupait à la faucille.

— Je suis le petit lit bien chaud où tu dormais sur des coussins de paille qui sentait bon.

J'allais plus vite. On eût dit que tout cela marchait derrière moi en procession douloureuse, que tout cela voulait me tirer à soi, me confondre dans la mort, prendre un peu de la vie qu'on m'avait donnée.

Les paroles se faisaient plus humaines. Les murs avaient des échos de syllabes familières. Tout parlait ensemble :

— Te souviens-tu de nos bonnes chasses à la perdrix dans le verger ?

— Te souviens-tu quand je te prenais dans mes bras pour te hisser sur la charge de foin ?

— Te souviens-tu, mon fils, quand je te regardai pour la dernière fois ?

— Te souviens-tu quand grand-père te contait *Ali-Baba et les quarante voleurs* ?

— Te souviens-tu quand moi, ton oncle, je te chantais des refrains drôles pour calmer tes chagrins ?

— Te souviens-tu de petite tante qui jouait à la mariée ?

— Te souviens-tu d'avoir aimé ?

— Te souviens-tu des morts ?

J'entendis distinctement la grande horloge qui sonnait, qui sonnait si haut que c'en était comme un glas d'église.

Le front appuyé au mur, n'en pouvant plus de tant d'émotions, de tendresses et de terreur, j'éclatai en sanglots.

Comme les larmes tombaient, abondantes, incoercibles, je sentis deux bras doux qui me pressaient sur une poitrine sous laquelle un cœur battait à grands coups: « Max ! Mon petit Max chéri ! » dit une voix apaisante. C'était la voix de ma mère.

Quand je sortis de la maison, j'avais les yeux rouges.

— Je crois que tu as pleuré, dit Lucien.

— Si tu savais tout ce que ces reliques représentent pour moi... Toute ma vie est là. Je me souviens de tout comme d'hier. Tiens, dans la grange que tu vois, à vingt pas, il y avait des nids d'hirondelles. À notre gauche, pas loin, il y avait un puits où l'on faisait refroidir le lait avant l'écrémage. Là-bas, sur la terre, au pied de la colline, vers le nord, un marais où nous nous amusions à prendre des grenouilles et des têtards. Derrière cette colline, un vallon au fond duquel coule un ruisseau entre deux rangées d'aulnes. Plus haut, de l'autre côté du ravin, de vastes plaines où poussaient le blé et l'avoine. De petits bosquets coupent ces champs. C'est là que j'appris mon métier de chasseur en prenant mon premier lièvre, une bête splendide que je portais sur mon dos comme un trophée. C'était le bon temps.

— Comme c'est beau, comme c'est grand, comme c'est calme, tout ça ! disait Lucien.

En bas, dans la vallée, sur un plateau, nous apercevions le village planté d'une église dont le clocher droit et fin faisait sentinelle. Les maisons s'étageaient en amphithéâtre autour des eaux vastes. On eût dit une grande scène, où un auditoire de maisons, de forêts, de vivants et de morts contemplait la pièce éternellement mouvante de la mer. Le fleuve, large comme un golfe, éclatait de lumière. Çà et là, des voiles de goélettes, éblouissantes. Tout le long du rivage, des bouquets d'arbres. Des épinettes vertes voisinaient avec des bouleaux dorés par l'automne, des cerisiers couleur pourpre, des érables écarlates avec des taches de violet. Le rouge, étendu par plaques violentes sur toute cette terre, donnait au sol l'apparence d'un géant blessé qui aurait perdu son sang par les quatre membres. Ne dirait-on pas que l'automne, en faisant jaillir cette couleur de tous les pores de notre sol, l'a soumis à une cruelle et impitoyable flagellation ?

— J'ai été élevé dans cet âpre pays, dis-je, où la nature sauvage, pure et forte, inspire aux hommes qu'elle nourrit une répulsion pour la servitude. J'ai sucé aux mamelles de cette terre mes désirs d'indépendance et de liberté. J'y ai puisé en même temps le respect des vertus qui fleurissaient ici, chez ces hommes et ces femmes si vrais, si simples et si logiques.

« Mon aïeul avait quatre filles et cinq gars. Il portait sans se plaindre le fardeau de la vie. Il était de race. Il savait qu'il faut se résigner, travailler, aimer, se multiplier, se voir abandonné, puis mourir, inconnu de tous, sombrer dans l'effacement final, sans laisser d'autres traces que des enfants qui oublieraient vite et seraient oubliés à leur tour.

« Toute la nation repose sur ces obscurs qui ont été presque les seuls à vraiment souffrir pour la sauver. Ce qu'ils ont fait, eux, ils ne l'ont pas crié sur les toits, ils ne l'ont ni publié, ni hurlé dans les parlements : ils l'ont fait par devoir, sans espoir de récompense humaine. Abandonnés à la conquête, ils ont continué à labourer et à engendrer sans se soucier des nouveaux maîtres. Puis ils ont fait ce qu'on leur disait de faire. Ils n'ont pas maugréé ; ils ont tout accepté, les yeux fermés, tout subi, tout enduré. Ils sont pourtant restés fiers, intelligents, originaux, raisonnables et personnels. Il me semble que notre paysannerie est la plus civilisée qui soit au monde. Elle est la base sur laquelle nous bâtissons sans cesse. Ce n'est pas chez elle qu'on trouve la plaie des demi-civilisés : c'est dans notre élite même.

Lucien me regarda droit dans les yeux et dit :

— C'est le mot juste, Max : des demi-civilisés. Trois éléments forment notre triangle social : le paysan à la base, l'artisan au milieu et le demi-civilisé au sommet. Les quelques civilisés égarés dans notre peuple sont en dehors de ce triangle. Un jour viendra où cette dernière catégorie sera assez nombreuse pour ouvrir l'étau et former la quatrième ligne qui créera le rectangle aux quatre faces. D'ici là, nous ferons figure de race infirme.

Nous devisions ainsi en nous éloignant de ces lieux sacrés. Une voix lente et grave chantait dans le lointain : « Isabeau s'y promène… »

Au bord de la côte qui domine le fleuve, deux chevaux gris traînent une charrue au rythme de cette vieille chanson. Derrière, un laboureur guide le soc luisant dans le sillon d'automne, en s'accompagnant des airs appris de sa mère. Et je me souviens que, vingt ans plus tôt, dans ce même décor, à la même date et au même endroit, le même chant montait vers le soir.

XXXII

À la fin de janvier, durant une tempête de neige, Meunier mourut d'une crise d'angine. Sa bonne, allant comme d'habitude lui porter son café du matin, l'avait trouvé inanimé dans sa chambre à coucher. Seul pour faire le passage définitif, il s'était efforcé d'appeler du secours. Tout le monde dormait autour de lui. Il avait cherché à atteindre sa porte pour être entendu et sentir enfin la présence de quelqu'un. Il s'était effondré sur le parquet, face contre terre.

Riche, estimé, comblé d'honneurs, placé par sa fortune, après des débuts modestes et malgré une origine obscure, dans la meilleure société de la vieille capitale, il avait vécu misérablement. Il n'avait jamais pu effacer de ses mains la tache de sang. Le secret hallucinant le suivait partout et se confondait avec son ombre. La peur s'y mêlait, une peur d'autant plus tenace et angoissante – l'angoisse, mère de l'angine – qu'il avait raison de croire à l'existence d'un témoin de son passé d'ancien contrebandier.

Pendant qu'on portait son corps en terre et que les journaux regorgeaient de notes biographiques exaltant ses vertus civiques, un homme, derrière le corbillard, reconstituait, dans son imagination, une scène qui, des années auparavant, l'avait rempli d'horreur. C'était Thomas Bouvier.

Une semaine à peine s'était écoulée depuis l'inhumation, que je recevais chez moi, vers minuit, un appel téléphonique.

— Allô ! Allô ! C'est Bouvier à l'appareil.

Quoi ! me disais-je, cet homme à qui je n'ai pas pardonné sa goujaterie du Château et que je fuyais comme la peste depuis l'incident qui avait apparemment provoqué ma rupture avec Dorothée, cet homme que j'aurais voulu démolir à coups de poing lors de notre dernière rencontre, il y a longtemps, ose m'annoncer tranquillement que c'est lui qui est à l'autre bout du fil ?

— Que puis-je faire pour vous ? lui répondis-je sèchement.

— Ne soyez pas surpris. J'ai une étrange demande à vous faire. Vous serait-il possible de passer chez moi, tout de suite ?

— Étrange en effet. Il me semble que ce serait à vous de venir.

— Je le sais. Mais il faut que je reste chez moi. Vous comprendrez plus tard. Je viens de prendre une grave décision. Avant de partir… pour voyage, je vous dois une confidence. Il s'agit du bonheur de Dorothée.

Il n'y avait plus à hésiter. Je me rendis chez Bouvier, avenue Sainte-Geneviève. Il habitait une vaste maison de pierres comme on en bâtissait beaucoup au milieu du siècle dernier. On y entrait de plain-pied dans un large passage, face à un somptueux escalier en noyer noir. À gauche, un salon où les meubles Louis XV voisinaient avec du moderne. Mélange peu harmonieux, mais non sans luxe. Aux murs, des tableaux de nus, rien que des nus.

C'est dans cette pièce qu'on m'introduisit. À peine y étais-je qu'une odeur âcre, mêlée à un parfum violent, me monta au visage. Bouvier, debout, en robe de chambre, me tendait la main.

— Veuillez, me dit-il doucement, vous asseoir sur ce divan.

Quel divan que celui-là ! Un meuble profond et moelleux où huit personnes couchées auraient pu tenir à l'aise.

Mon hôte se renversa sur un monticule de coussins. Je fis de même.

Je distinguai alors, à portée de la main, des objets insolites que la lumière diffuse des abat-jour m'avait empêché de remarquer dès mon arrivée.

Sur un guéridon reposait une lampe à mèche très fine, dont la flamme vacillait au moindre souffle et faisait bouger des ombres sur le mur. À côté, une boîte renfermant une substance pâteuse et de couleur foncée. Puis, une longue aiguille et enfin une pipe à fourneau presque fermé, percé seulement d'un trou du diamètre d'une épingle. Sur une tablette, au-dessus de nos têtes, une lampe, fort artistique, brûlait un parfum, celui que j'avais senti en pénétrant dans la pièce :

— Ces objets vous surprennent, dit Bouvier. J'ai déjà fait la contrebande : alcool et drogues. Je n'usais jamais de cocaïne ou de morphine, qui sont des stupéfiants trop dangereux. Je n'ai pu résister à la tentation de l'opium. Vous n'êtes pas scandalisé ?

— Vous savez bien qu'on ne scandalise que les faibles. Mais je crois que vous prenez là une mauvaise habitude.

— Bah ! L'été dernier, ça faisait dix ans que je n'avais pas fumé. J'y suis revenu parce que j'en avais trop sur le cœur.

— Et votre santé ?

— Ma santé ne vaut pas cher, pour l'heure. Vous saurez bientôt à quoi vous en tenir, sur ma santé. D'ordinaire, on ne fume pas seul. On fait venir un ou deux amis, qui partagent le plaisir. Pour la joie des yeux, on va chercher une femme bien tournée, que l'on fait étendre sur des coussins, dans le milieu de la chambre. C'est plus oriental. Et vous aspirez la *dope* sept ou huit fois. Vous vous arrêtez à intervalles pour jouir de ce qui se passe en vous. Quel bien-être ! Votre cerveau est d'une lucidité telle que vos idées sortent de vous sans effort, que les mots que vous dites ont plus de sens et de clarté. Votre sensibilité se trouve, à un moment donné, logée entièrement à la fine pointe de votre intelligence. Si vous avez à discuter avec quelqu'un, à ce moment-là, vous êtes fantastique. Tenez, je fais comme ceci.

Il saisit l'aiguille, la plongea dans la substance pâteuse pour en détacher une parcelle qu'il fit grésiller au-dessus de la flamme. L'opium devint couleur café, bouillonnant. Bouvier le posa vivement sur la pipe, introduisit l'aiguille dans l'étroite ouverture et la retira aussitôt de façon à laisser la substance trouée sur le fourneau. Puis il approcha la pipe de la flamme, qui lécha la pâte précieuse, pendant qu'il aspirait profondément. Deux ou trois secondes, il garda, en la savourant bien, la fumée dans ses poumons, puis il expira tranquillement par le nez.

— Vous voyez, dit-il. C'est délicieux.

Bouvier continua à causer et à fumer. Il semblait divaguer parfois, mais avec des éclairs de lucidité qui m'étonnaient. Le temps passait, et je ne savais pas encore pourquoi j'étais venu.

— Ça ne vous tente pas d'essayer ? dit-il enfin.

— Non, merci. Je voudrais savoir si c'est pour fumer que vous m'avez fait venir.

— Plût à Dieu que ce ne fût que pour ça. Je ne fume moi-même que pour me donner le courage de vous dire ce que j'ai à vous dire. C'est très grave. C'est nécessaire.

Les yeux de cet homme avaient alors un état particulier, à cause de leur pupille agrandie et de leur fixité.

— Vous avez sans doute appris, dit-il, la mort de Meunier. Je puis parler sans danger pour lui. Il y a plus de vingt ans, nous naviguions ensemble sur un yacht de contrebande. Abel Warren, un beau et brave type que j'aimais bien, était avec nous. C'était l'associé de Meunier. Moi, je n'étais qu'un sous-ordre, de plusieurs années plus jeune que mes deux compagnons. Une nuit qu'il faisait gros temps, vers une heure, Abel, sous le vent et l'averse, était de quart sur le pont et surveillait la marche du bateau en même temps que la poursuite possible des navires de la police. On supposait que je dormais, mais notre coque sautait tellement sur la houle que je m'éveillais à tout instant. À un moment, j'entendis Luc qui se levait, mettait vareuse et suroît, et sortait en pied de bas.

« Pourquoi, me disais-je, sort-il en pied de bas ? » Je ne tardai pas à comprendre. Un cri perça la tempête, puis plusieurs autres cris qui faiblissaient à mesure que nous avancions. Et la voix se tut. Plus rien ! Je n'osais pas bouger. J'avais la certitude qu'un meurtre venait de se commettre là-haut, au-dessus de ma tête, et je me disais que le moindre mouvement que je ferais me coûterait la vie. Un meurtrier supprime les témoins, quand il le peut.

« Quelques minutes plus tard, Meunier entrait en coup de vent dans la cabine :

« — Bouvier, cria-t-il, lève-toi vite ! Abel n'est plus là. Il est tombé à la mer ! Virons tout de suite ! Il faut le trouver, entends-tu, le trouver à tout prix !

« Le reste de la nuit se passa à tourner dans le même cercle. Luc se lamentait, pleurait, s'arrachait les cheveux. On aurait juré que c'était une douleur vraie.

« — Mon meilleur ami ! gémissait-il. Mon meilleur ami !

« À l'aube, la tempête et la pluie cessèrent. Je fouillais la mer des yeux, en tous sens, et, dans le moindre débris flottant, je croyais reconnaître la tête noire de ce pauvre Abel.

« Assis sur un barillet, comme anéanti, Meunier fut une grosse heure sans parler. Puis il me dit :

« — Bouvier, si tu veux, tu seras mon associé. Tu as pris les risques avec nous, il est juste que tu aies ta récompense. Tu remplaceras l'autre. S'il m'arrive de faire fortune, tu auras ta part. Chaque fois que tu seras dans le besoin, tu me trouveras.

« Je compris tout de suite que le meurtrier n'était pas certain de mon sommeil. Je pouvais être le témoin.

C'est pourquoi il achetait par une promesse mon silence et ma complicité.

« La vie s'est ainsi passée. J'étais rivé à mon compagnon, l'assassin. Il me comblait et j'aimais l'argent.

« Il apprit que je connaissais son crime la nuit, vous vous rappelez, où en plein bal, au Château, je me conduisis, envers vous et Dorothée, en goujat. J'étais ivre. Aimant la fille de Luc depuis longtemps et sachant que c'est vous qu'elle aimait, je cédai à la jalousie et résolus d'arracher de force à l'assassin son enfant.

« Après cette scène regrettable du bal, je me rendis chez mon ami et lui racontai en détail le drame de sa vie. Je le mis en demeure de choisir entre une dénonciation et le sacrifice de Dorothée. Par malheur, celle-ci était dans la pièce voisine et entendait tout. Elle révéla sa présence par un cri étouffé. Nous accourûmes. Elle était évanouie. Vous savez le reste.

Bouvier se prit la tête dans les deux mains :

— Ah ! chienne de vie ! Chienne de vie !

Je me demandais si je ne devais pas étrangler cette bête infecte, qui m'avait enlevé ma joie de vivre et avait moralement tué Dorothée.

— C'est donc vous qui avez avancé la mort de Meunier ? dis-je durement.

— Je le crois. Une fois dégrisé, je me rendis compte de l'énormité de ma conduite. Dès le lendemain matin, je me repentis d'avoir fait chanter mon vieil ami. J'allai lui présenter mes excuses. Il était dans un état d'abattement facile à concevoir.

« — Bouvier, dit-il doucement, tu m'as fait mal. Je crois que je ne reviendrai pas de ce coup. Mais c'est surtout Mathée que tu as frappée. Elle a sangloté toute la nuit. De bonne heure, ce matin, elle a écrit à Max qu'elle ne voulait plus le revoir. Elle l'aimait beaucoup, plus même que son père.

« — Je t'en supplie, Luc, oublie ce que je t'ai dit. J'étais complètement saoul. L'histoire que je t'ai racontée, je l'ai supposée. Je n'en crois rien. Quand la chose est arrivée, en mer, je dormais, tu le sais bien. Quand j'ai bu, mon imagination se fabrique un tas d'abominations. Dis que tu me crois, dis-le donc !

« — Ce qui est dit est dit. Il est, dans la vie… des actes, des paroles, des pensées même, que rien ne répare.

Un silence plein d'angoisse se mit entre Meunier et moi. On dirait par moments que le silence est un témoin. Nous ne pouvions plus parler. Je sentais que toute explication était superflue, outrageante, et que, lui, il savait le mensonge de mes excuses.

Bouvier se tourna vers moi et ajouta :

— Vous connaissez toute l'histoire, maintenant. Qu'entendez-vous faire ?

— Vous mériteriez que je vous tue comme un mauvais chien. Je me réserve pour une autre tâche. Dès demain, je ferai sortir du cloître la fille de Meunier.

— Sa fille ! Vous êtes sûr que Dorothée est à Meunier ? Vous savez bien qu'un homme comme lui n'aurait pas tué Warren sans raison. L'argent ! Il en faisait tant qu'il voulait. C'est la jalousie, rien que la jalousie, qui a joué, cette nuit-là. Il arrivait souvent qu'Abel restât à terre, pour le commerce et l'espionnage de la police, quand Luc était en mer. La femme de Meunier, presque toujours seule, était d'une grande beauté. Elle avait les cheveux d'un blond qui faisait rêver, des yeux bleus et profonds, un de ces petits nez retroussés et sensuels que tous les hommes recherchent et aiment. Warren allait souvent chez elle. Il était irrésistible avec les femmes. Il arriva ce que vous devinez. Meunier eut vent de l'affaire. À Québec, tout le monde s'occupe de ces choses-là, et tout le monde cherche à savoir quels sont ceux qui s'aiment. C'est un des grands soucis des petites villes. Luc n'était pas fait pour être cocu content. Il a simplement supprimé l'amant de sa femme. Dorothée ressemble à Warren. Il y a des signes qui ne trompent pas.

L'émotion m'empoignait. Je n'avais plus qu'une pensée : sauver Dorothée. Je marchais de long en large, dans la pièce. Je ne me possédais plus. La nuit me semblait interminable.

— C'est tout ce que vous avez à m'apprendre ? demandai-je.

— Oui, à peu près... En vous appelant chez vous, tout à l'heure, je vous ai dit que je partais pour voyage... Vous saurez bientôt où je vais...

Je m'en fus de cette maison, heureux de m'enfoncer dans la nuit, seul avec ma douleur et mon affolement.

XXXIII

Je m'éveillai vers huit heures du matin. La bonne m'apporta le journal. En le déployant, je lus, en gros titres : « Thomas Bouvier s'est suicidé cette nuit. »

La nouvelle me bouleversa. Sans prendre le temps de mettre de l'ordre dans mes idées, je m'habillai précipitamment et sortis. J'étais comme fou. Une seule pensée me guidait, un seul projet lucide : tirer Dorothée du couvent, et tout de suite. Il fallait qu'elle sût la mort de son bourreau et qu'elle vînt avec moi, oui, avec moi, qu'elle aimait encore, j'en étais certain.

Je sonnai à la porte du cloître. Une vieille religieuse vint m'ouvrir. Je demandai la supérieure. Celle-ci n'était pas libre. Je ne la vis qu'au bout d'une heure.

— Puis-je vous demander une faveur ? lui dis-je.

— Si c'est possible, certainement, monsieur.

— Je vous prie de me laisser converser quelques instants avec une de vos postulantes, Dorothée Meunier.

— Vous n'y songez pas ! Notre chère sœur est en retraite. C'est demain la prise d'habit.

— J'étais l'intime de son père. J'ai un message important pour elle.

— Même si vous étiez son propre père, nous ne permettrions pas à une postulante de déroger à un devoir aussi essentiel que celui du recueillement de la retraite. Vous comprenez, pas de visites !

— Il y a pour cette jeune fille, dis-je en élevant le ton, quelque chose de plus pressant que la retraite et la prise d'habit : il y a sa vie même.

— Voulez-vous dire que sa vie est en danger ?

— Oui, la vie de son cœur.

J'élevai encore la voix :

— Vous devriez savoir que Dorothée est entrée chez vous par désespoir, que nous nous aimions tous les deux, que nous nous aimons encore et qu'elle ne peut pas, sans en mourir, entendez-vous, rester au couvent.

— Jeune homme, calmez-vous, je vous en prie ! Il arrive souvent que la voix du Maître se fait entendre, impérieuse, au milieu des amours humaines. Au-dessus de tout, il y a l'amour de Celui-ci.

Elle me montrait le crucifix qu'elle portait à sa ceinture. J'aurais dû avoir pitié de sa sincérité douloureuse. Je m'exaspérais de plus en plus. Elle ajouta :

— Si le bon monsieur Meunier vivait, voyez-vous, il serait content de faire le sacrifice de sa fille.

— Il n'est pas naturel que des parents sacrifient leurs enfants. Ils n'en ont pas le droit. Vous dites la fille de Meunier ? Vous en parlez à votre aise : elle n'est pas sa fille !

— Monsieur, vous faites mieux de vous en aller !

— Je ne sortirai pas d'ici sans Dorothée. Je la veux ! Je la veux ! Je la veux !

Des pas nombreux glissaient sur le parquet, dans le long couloir du cloître. Les postulantes passaient tout près. Parmi elles, je reconnus Dorothée sous son voile. Je n'y tins plus et criai :

— Dites à Dorothée que Bouvier est mort et que Max est venu la chercher.

Je me laissai pousser vers la porte par la religieuse, qui implorait :

— Sortez ! Monsieur, sortez ! Je vous en supplie !

XXXIV

Cette nuit-là, Dorothée ne pouvait dormir. Quand elle était sur le point de s'assoupir, elle voyait paraître, à travers sa fenêtre, la face de Max Hubert, qui la fixait de ses yeux tristes. Elle se sentait enveloppée dans ce regard comme dans un filet puissant d'amour et de reproches. L'apparition s'éloignait ensuite dans la neige et disparaissait dans la tourmente. Elle aurait voulu la suivre.

Quelle tempête ! Le nord-est, souffle venu des confins du Labrador où il avait caressé les icebergs, gémissait dans les branches des peupliers et les fils de métal tendus d'un poteau à l'autre comme les cordes d'immenses mandolines.

À chaque secousse du vent, Dorothée sursautait. Elle regardait sa fenêtre, pensant y revoir les traits de l'aimé, et, très lasse, se laissait retomber sur sa couche. Elle frissonnait et sentait la fièvre l'envahir. Dans un mouvement instinctif, elle toucha ses seins et les trouva brûlants. Elle couvrit mieux son corps délicat, elle le couvrit jusqu'à sa bouche, et, sur l'oreiller de toile fine, on ne pouvait plus voir qu'une chevelure noire, des lèvres qui traçaient leur ligne d'ombre, de grands yeux profonds et des paupières lourdes qui ne parvenaient pas à se fermer.

Plusieurs fois, le demi-sommeil vint, et toujours la même face s'approchait jusqu'au bord de la fenêtre, souriait douloureusement et s'éloignait de nouveau, comme enveloppée d'une auréole sombre que striaient les flocons de neige.

À l'approche du matin, hallucinée, secouée de longs frissons, Dorothée se leva et colla son visage à la vitre pour mieux voir. L'ombre chère s'arrêta à quelques pas, flottant dans l'air, et elle devint lumineuse comme un astre. Un cri s'échappa de la poitrine de Dorothée :

— Max !

— Viens, dit l'ombre.

— Attends-moi ! Je te suivrais au bout du monde.

Sans bruit, avec l'étrange lucidité du somnambulisme, elle revêtit la robe de mariée qu'on lui avait apportée pour la prise d'habit du matin suivant. Puis elle ouvrit sa fenêtre, fit un bond et se trouva dans la neige blanche comme sa robe. Elle marcha rapidement vers l'apparition, les bras tendus, la poitrine offerte au vent brutal. La vision se mit à glisser devant elle, vers un but inconnu.

Dorothée suivait toujours. La neige la souffletait, et le nord-est agitait frénétiquement la chevelure noire autour des joues de l'amoureuse. Celle-ci s'enfonçait jusqu'aux genoux, dans le chemin du mystère, appelée par son guide inconsistant, qui semblait aller de plus en plus vite.

Où allait-elle ? Comment le savoir dans cette nuit tragique, où la nature avait convoqué tous ses cris, toutes ses détresses, toutes ses épouvantes ? Elle allait vers lui. Peu importait le reste !

Combien de temps marcha ainsi l'épousée des neiges ? Deux heures peut-être ! Elle allait, petite forme blanche dans la blancheur mouvante qu'il enserrait de plus en plus de sa férocité d'hermine et dont le souffle mordait dans ses muscles et dans ses os. Quand même ! Elle bravait le cruel et trop chaste monarque des pays du nord, l'hiver marmoréen, impitoyable, pour aller, à travers lui, étreindre, avec son âme et sa chair, son fuyant idéal. Et en se battant ainsi contre le colosse blanc pour atteindre l'amour, elle ressemblait à toutes les grandes passions féminines, qui ne connaissent que tempêtes et paradis.

Tout à coup, le guide lumineux disparut, comme emporté par le vent. Dorothée s'éveilla, pénétrée d'un froid mortel. Elle ne sentait plus les extrémités de ses doigts et de ses pieds. Elle se passa la main sur le visage. Son nez, son menton et ses oreilles étaient insensibles. Où était-elle ? Où allait-elle ? Comment l'aurait-elle su ?

Elle était perdue au centre même des plaines d'Abraham. La petite Québécoise, habituée à la neige et se souvenant que bien des hommes, égarés par des soirs de nordet, avaient péri de froid, se raidit de tout son courage pour arriver à s'orienter. Elle n'y parvenait pas. Et elle avançait sans trêve.

Plus d'une fois elle tomba, et ses poignets rougis étaient comme criblés de coups d'aiguilles. Elle se relevait, face à la poudrerie qui remplissait ses cheveux de cristaux.

La nuit se dissipant peu à peu, elle parvint à distinguer, parmi les formes fantastiques qui hantaient son cerveau, la silhouette de la prison de Québec.

Elle se souvint. La maison de l'aimé était là, tout près. Pourvu qu'elle eût la force de se traîner jusque-là...

La neige tombait moins dense, le vent faiblissait, mais le froid mordait davantage.

Un dernier effort, et la voici, forme trébuchante, qui traverse le chemin Saint-Louis. On dirait une statue de neige en mouvement sur la chaussée balayée de rafales.

Quelques pas encore, et Dorothée s'abat, épuisée, presque inconsciente.

Un engourdissement, quelque chose de très doux et de très fort s'empare de son être. Il lui semble, tant elle a souffert, que sa douleur s'endort et qu'une délicieuse chaleur envahit ses membres.

Il ne faut pas rester là. Dans un instant de lucidité, elle pense qu'elle ne saurait s'immobiliser sans en mourir.

En un effort suprême, elle se soulève. Sa main qu'elle ne sent plus, à cause de l'engelure, atteint le bouton de la sonnerie. Elle sonne, elle sonne, sans s'en rendre compte.

Elle retombe, définitivement cette fois. Elle ne se relèvera plus d'elle-même.

XXXV

Réveillé en sursaut par la sonnerie, j'avais d'abord songé à ne pas me déranger. Qui donc venait si tôt ? Peut-être un ami sortant d'un party au petit jour.

— Allons toujours voir, me dis-je.

J'accours et ouvre. La poudrerie s'engouffre dans ma robe de chambre et me fait frissonner.

À mes pieds, une tête à chevelure noire. Je regarde. Ce sont les traits de Dorothée.

Je me penche sur cette forme inerte et touche les jolis bras étendus sur la glace.

C'est elle ! Mourante de froid !

J'emporte Dorothée et la couche sur un divan.

Pendant que j'envoie chercher le médecin et fais appeler les amis Hermann et Lucien, j'essaie de réchauffer celle qui, peut-être, va mourir pour moi.

Bientôt, elle ouvre les yeux.

— Dorothée ! Dorothée ! C'est moi, Max, oui, ton Max qui t'a sauvée.

On entend comme un souffle sortir de ses lèvres exsangues :

— C'est toi, Max ? Où étais-tu allé ? Je t'avais perdu de vue dans la tempête… Je te retrouve… Marchons vite !… Elle est bien légère, ma robe de mariée, par ce froid… Il doit y avoir du feu chez toi… Je veux m'y réchauffer toujours… toujours…

— Dorothée, ma chérie !

— Ne me laisse pas tomber dans la neige, mon cher amour… Je n'épouserai pas l'Autre, tu sais… Allons plus vite ! Je l'entends derrière nous, qui nous poursuit…

— Ne crains rien, tu es chez moi. Tu ne vois donc pas. Tiens, regarde ton portrait sur la cheminée.

— Mon portrait ?… Non, c'est une grande plaine toute remplie de soldats de glace… Ils m'appellent tous par mon nom. Il en est un là, un bonhomme de neige pareil à ceux que je sculptais dans le jardin de mon père, quand j'étais petite. Il me dit qu'il va m'enlever dans une bourrasque et me porter dans les hauteurs du monde… Oh ! c'est affreux ! Sa poitrine vient d'être ouverte par une lance invisible. Il en sort du sang…

« Deux grandes armées avec une multitude de soldats… Deux généraux transparents comme des cristaux… Tous ces hommes blancs se battent… Ils saignent et tombent. Ils se relèvent… La troupe entière monte dans l'air, à l'assaut d'une montagne de lumière. Les deux chefs, marchant en tête et se tenant par la main, vont s'embrasser au bord du soleil…

— Dorothée ! Ne te fatigue pas ! Ne parle plus ! Repose-toi ! Rassure-toi. Il ne t'arrive plus rien de triste.

— Non, ce n'est pas triste, c'est si grand… Tu ne trouves pas, Max ?… Quatre francs-tireurs énormes portent, à bout de bras, une femme qu'ils emmènent avec eux… Que dites-vous, francs-tireurs ? Que c'est mon âme que vous emportez ? Je veux bien, mais emmenez Max aussi. Viens, mon cher amour ! Nous nous épouserons quelque part dans les étoiles…

La gorge serrée d'émotion, j'étreins follement Dorothée, pour la retenir à la vie.

Elle murmure encore :

— Ne suis-je pas jolie dans ma robe de mariée ?… Je savais bien que nous nous épouserions un jour… Enlace-moi bien, pour que je te sente plus près… Vois ma robe de mariée… Jamais un autre homme ne me l'enlèvera.

Dorothée se tait. Elle semble dormir. Des pas retentissent à ma porte. Lucien et Hermann, suivis du médecin, entrent.

— Elle a parlé dans le délire, leur dis-je.

Je verse quelques gouttes de cordial entre les lèvres de la bien-aimée.

Une heure durant, nous restons tous trois penchés sur elle, dans une mortelle anxiété.

Puis Dorothée semble sortir d'un rêve. Elle ouvre les yeux et nos regards se croisent.

— Max ! C'est Max ! Que je suis heureuse !... Comment se fait-il que je sois ici ?

— Parce que nous nous aimons, Dorothée. Tu ne partiras plus.

— Non, je ne partirai plus...

FIN

POSTFACE

« Je suis humain
et je respecte l'humain
avant toute autre chose[1]. »

JEAN-CHARLES HARVEY

La liberté de l'humain ! Voilà l'épreuve manifeste des *Demi-civilisés*. Voilà pourquoi ce roman fut en rupture avec son temps et reste, à bien des égards, en rupture avec le nôtre. Rupture héroïque sur le chemin de la vérité, rupture qui pourfend toute certitude, toute croyance religieuse, idéologique, politique, doctrinale... Max Hubert, héros et personnage central de ce roman paru en 1934 est, pour ainsi dire, notre contemporain. Dans une certaine mesure, il en est aussi de même de son auteur, Jean-Charles Harvey – journaliste, romancier, essayiste et pamphlétaire –, chez qui le sens de la vie réside dans l'humaine nature, rien de moins, rien de plus : « La nature a fait de moi un homme. L'accident a fait de moi un Canadien français. Je suis celui-là avant d'être celui-ci. Je dois me

1. *Art et combat*, Montréal, Éditions de l'Action canadienne-française, 1937, p. 217.

soumettre à l'humain éternel avant de me soumettre à l'humain accidentel[2]. La vie et la carrière de Harvey tiennent dans ces quatre phrases écrites en 1937. Une vie et une carrière pleines d'épreuves qui permettent de juger la valeur intellectuelle et morale de l'homme et de son œuvre. Les lignes qui suivent s'attachent à rappeler – trop brièvement, nul doute – la dette intellectuelle que le Québec doit au libre penseur et homme de lettres que fut Jean-Charles Harvey.

Un printemps libérateur

« Avec *Les demi-civilisés*, c'est le Québec moderne qui commence », avons-nous écrit en 1993, dans la première postface à la réédition de ce roman aux Éditions Typo. Plus d'une vingtaine d'années ont passé. Sans doute, notre opinion renvoyait alors à une certaine idée du Québec des années 1930, apeuré à l'idée de perdre à tout jamais sa langue et sa culture françaises et de voir ainsi disparaître son destin providentiel en terre d'Amérique. Aux yeux des élites religieuses, politiques et intellectuelles du temps, l'heure était au ressourcement national. Elles voyaient se flétrir chaque jour davantage les grandes veines mythiques qui avaient jusqu'alors nourri l'imaginaire du peuple ; à tort ou à raison, les figures héroïques de la Nouvelle-France – Champlain, Dollard des Ormeaux, Pierre Le Moyne d'Iberville, Louis Hébert et tant d'autres – avaient pour ainsi dire fait leur temps ; pis encore,

2. *Ibid.*, p. 216.

l'attachement jusqu'alors très réel des classes paysanne et urbaine aux lieux traditionnels – la campagne, la terre familiale, le village, etc. – se délitait devant la montée, en vagues successives, de centaines de « dissolvants culturels » venus du Sud : engouement pour les biens matériels « *made in America* », fascination pour « l'art de vivre *yankee* » qui excite les sens avec ses modes vestimentaires indécentes, ses musiques et ses danses abreuvées de « *cool songs* » et de « *fox-trot* », ses « *dime novels* » viciés, ses cinémas immoraux et sa réclame nourrie d'américanismes. Telle « une inondation fatale[3] », le « mirage américain[4] » battait en brèche toute perspective de résurgence d'une « Laurentie[5] » catholique et française en terre d'Amérique.

3. Marc-Antonin Lamarche, « Notre civilisation », dans *Nouvelles ébauches critiques : extrait de la Revue dominicaine*, Montréal, Granger frères, 1936, p. 109.
4. Sur la pénétration de l'américanité au Québec à partir des années 1900, voir les articles parus dans la *Revue dominicaine* au cours de l'année 1936, puis réédités en volume l'année suivante sous le titre : *Notre américanisation : enquête de la Revue dominicaine* (1936), Montréal, L'Œuvre de presse dominicaine, 1937, 270 p. À lire également, l'excellente étude de Joseph-Yvon Thériault, *Critique de l'américanité : mémoire et démocratie au Québec*, Montréal, Québec Amérique, 2002, 376 p.
5. André Laurendeau, « Méditation devant une carte du monde » ; lettre de Paris, publiée en préambule aux « Préliminaires à un manifeste pour la patrie » par l'équipe de la revue *La Relève*, premier cahier, troisième série, automne 1936, p. 3-5. Pour une lecture du texte d'André Laurendeau, voir notre ouvrage *L'image des États-Unis dans la littérature québécoise (1775-1930)*, Sherbrooke, Éditions Naaman, 1981, p. 293-296.

Une autre brèche s'ouvrit sans crier gare le 6 avril 1934. Pire que tout! elle venait, cette fois, de l'intérieur et prenait la forme d'un roman libertin. Son nom: *Les demi-civilisés*. Son auteur: Jean-Charles Harvey, rédacteur en chef depuis huit ans du journal *Le Soleil* de Québec.

Cette brèche anticipait l'avenir. Elle était comme un printemps libérateur. L'historien français Louis Gillet fut le premier à user d'une telle métaphore: tels « les premiers craquements d'un dégel », écrit le futur académicien dans *L'Écho de Paris* du 23 août 1934, le roman a toute l'allure d'une « débâcle des glaces » qui secoue « le pays immobile de Maria Chapdelaine[6] ». La métaphore est des plus juste: si le roman publié en 1913 par Louis Hémon était le récit de la résignation, de l'éternel retour aux mêmes immobilismes et traditionalismes terriens, seuls capables de sauver le petit peuple canadien-français du « naufrage américain », le roman de Jean-Charles Harvey était, au contraire, une invite à rompre les amarres[7], à voyager hors du pays laurentien, voire à saborder, finalement, le navire laurentien prisonnier des glaces, c'est-à-dire des peurs

6. Louis Gillet, « Printemps canadien », *L'Écho de Paris*, vol. 50, n° 20 034, 23 août 1934, p. 1 et 6; l'article est reproduit le 28 septembre 1934 suivant en page 3 du journal *L'Ordre*, fondé le 10 mars 1934 par le journaliste Olivar Asselin (1874-1937).

7. Pour une lecture historique plus substantielle à propos de la parution des *Demi-civilisés* et de l'impact que le roman produisit sur les mentalités de l'époque, voir notre introduction à l'édition critique du roman *Les demi-civilisés*, parue à Montréal aux Presses de l'Université de Montréal, dans la collection « Bibliothèque du Nouveau Monde », 1988, 302 p.

infernales qui tenaient depuis toujours l'individu canadien-français dans un état d'hibernation. Ces peurs sont celles contre lesquelles lutte Max Hubert. Les « mille fantômes[8] » qui troublent son sommeil d'enfant viennent de ces hivers cauchemardesques. Orphelin de père, le jeune Max vit une enfance sans relation paternelle réelle. Son seul pseudo-père, que sa mère lui interdit d'ailleurs de fréquenter, est le « père Maxime », un vieux marin et navigateur sans foi ni loi dont les restes seront mis en terre dans un champ abandonné, parce que le curé de la paroisse refuse que le vieillard soit inhumé dans « la terre sainte[9] » du cimetière paroissial. Ce sont les derniers moments d'enfance de l'orphelin. Viennent ensuite ses années au pensionnat, son entrée dans un ordre religieux, qu'il quitte à la suite d'une grave « crise de mysticisme[10] » et, finalement, ses études de droit, qu'il abandonne également, tant la pratique de cette profession lui semble avilissante. La vie de Max Hubert parvient à un tournant.

Un mal pire que la peste : le crétinisme politico-religieux

C'est encore au moyen de rêves hallucinants que se poursuit le récit libertaire des *Demi-civilisés*. Endormi au pied d'un arbre ornant l'un des parcs de la ville de

8. *Les demi-civilisés*, p. 20. À moins d'indication contraire, les renvois au texte des *Demi-civilisés* (ci-après *DC*) sont tirés de la présente édition.
9. *DC*, p. 33.
10. *DC*, p. 37.

Québec, Max Hubert plonge dans de troublants cauchemars[11] semblables à ceux qui s'emparaient de ses sommeils d'enfant. D'étranges métamorphoses le conduisent aux portes d'une ville sinistre, peuplée d'individus livides de peurs qui, chaque jour, marchent en procession serrée vers un immeuble où on leur distribue en bouteilles les seuls « produits intellectuels » qu'ils sont autorisés à penser. Une « Régie de l'Encéphale » veille à ce que tout individu déclaré coupable d'une quelconque pensée personnelle reçoive « l'astringent » qui préservera à jamais son « cerveau de tout danger de création ». Et les cauchemars de Max Hubert s'aggravent sans cesse. Passant d'une rue à l'autre, il ne voit que des « affiches sans nombre » sur lesquelles sont proclamées les sommations à respecter : « Défense d'user de la parole autrement que pour déguiser sa pensée » ; « Défense d'être poète ! Le rêve conduit aux pires perversions » ; « Défense de troubler la paix des âmes par la musique »[12]. Et la liste

11. Sur les rêves et les cauchemars de Max Hubert, voir la pénétrante analyse de Michel Morin : « *Les demi-civilisés* ou le savoir de l'échec », dans *L'Amérique du Nord et la culture. Le territoire imaginaire de la culture*, Montréal, Hurtubise HMH, tome 2, 1982, p. 179-261. À propos de la signification sociale des rêves de terreur, voir notamment les deux études suivantes : Reinhart Koselleck, « Terreur et rêve : quelques remarques méthodologiques », *Le futur passé : contribution à la sémantique des temps historiques*, Paris, Éditions de l'École des hautes études en sciences sociales, 1990, p. 249-262 ; Peter Burke, « L'histoire sociale des rêves », *Annales, économies, sociétés, civilisations*, vol. 28, nº 2, 1973, p. 329-342.
12. *DC*, p. 55-59.

continue[13], étranglant Max Hubert d'éprouvantes frayeurs, jusqu'au moment ou un chien errant le réveille en passant entre ses jambes… C'est alors qu'apparaît devant lui, pour la seconde fois, la jeune et belle Dorothée Meunier, qui changera le parcours de sa vie.

Le parcours narratif du roman ne sera plus le même non plus. La vérité prémonitoire des cauchemars de Max se révèle. Mais ce n'est plus lui qui fait le récit de sa vie : c'est Jean-Charles Harvey qui s'introduit dans le canevas du roman pour y faire entendre ses cris de révolte contre « les infirmités et les insignifiances[14] » de son temps : révolte d'abord contre « le joug du cloître », qui rappelle son séjour chez les Jésuites entre 1908 et 1915[15] ; révolte ensuite du littéraire – officier de l'Académie française depuis 1928 – qui

---

13. Ces sommations sont au nombre de dix, comme les commandements de Dieu. Voici les sept autres, énumérées aux pages 59-60 du roman : « Défense aux magiciens de la couleur et des formes de peindre l'homme et la femme tels que Dieu les a faits » ; « Défense de créer des statues vivantes de peur d'inspirer aux purs des pensées profanes » ; « Défense d'assister aux spectacles qui ne seraient pas ennuyeux » ; « Défense aux affligés et aux désespérés de boire du vin pour oublier le poids de la vie » ; « Défense d'écrire des livres qui ne feraient pas bâiller » ; « Défense de trouver une femme belle qui aurait le malheur de l'être réellement » ; « Défense d'être heureux en amour ».

14. *DC*, p. 65.

15. Harvey quitte la Compagnie de Jésus avant d'avoir prononcé ses vœux perpétuels (d'obéissance, de pauvreté et de chasteté). Il obtient ses « lettres dimissoriales » le 22 janvier 1915. Il fera plus tard cette confidence : « J'ai commencé à perdre la foi chez les Jésuites dans le choix des livres d'études. » Voir, à ce propos, notre édition critique, p. 10.

pourfend sur toutes les tribunes de presse « le colonialisme et le nationalisme littéraire[16] » de ses confrères écrivains ; révolte encore du journaliste qui ne cesse de dénoncer l'état lamentable du parler français chez ses concitoyens devenus à ses yeux « une race à demi défrancisée[17] » ; révolte, enfin, du citoyen Harvey qui vilipende les pouvoirs politico-religieux qui tiennent la masse du peuple canadien-français dans un état de soumission pareil à celui d'animaux « parqués en des jardins zoologiques[18] ».

Et cette misérable et infâme soumission a un nom : « le crétinisme politico-religieux[19] », contre lequel Jean-Charles Harvey est en croisade depuis au

16. Très tôt dans sa carrière, Jean-Charles Harvey attaque avec virulence le « nationalisme littéraire » des écrivains de sa génération. À lire, ses *Pages de critique* (1926), dont les textes proviennent d'articles de journaux parus dans *Le Cri de Québec* et dans le journal *Le Soleil*. À lire, tout particulièrement, son article « Le colonialisme littéraire... » (*Le Soleil* du 29 juin 1931, p. 4) et le texte de sa conférence prononcée devant les membres du club Kiwanis de Québec et reproduite sous le titre « Causerie de J.-C. Harvey au Kiwanis », dans *Le Soleil* du 18 septembre 1931, p. 3 et 8.

17. Jean-Charles Harvey, « Que faut-il refranciser ? Tout » ; titre d'une conférence prononcée à la radio le 26 mars 1933 et reproduite dans le journal *Le Soleil* le 28 mars, p. 4.

18. *DC*, p. 43.

19. L'expression « le crétinisme politico-religieux » renvoie expressément à celle de « crétinisme puant et incurable » qu'Harvey utilise dans la première édition des *Demi-civilisés* (Montréal, Éditions du Totem, 1934, p. 59) pour décrire l'état lamentable dans lequel se trouve la culture québécoise des années 1930. L'expression disparaît cependant des éditions ultérieures du roman ; préparant, en 1962, la deuxième réédition du roman pour le compte des Éditions de l'Homme, Harvey atténue l'effet négatif de l'expression en la

moins une vingtaine d'années. De son premier essai, *La chasse aux millions* (1921), à la parution de ses *Demi-civilisés* (1934), en passant par son roman *Marcel Faure* (1922), ses *Pages de critique* (1926) et son recueil de contes et de récits, *L'homme qui va...* (1929) – pour lequel il reçoit le prix Athanase-David –, Harvey rugit et vocifère contre les idéologies régnantes de son temps qui abrutissent le peuple par leurs abjects mensonges. Tout le libre penseur qu'il est alors tient dans ses combats pour la vérité contre le mensonge, pour les lumières de la raison contre les ténèbres de l'esprit, pour « le gouvernement de soi[20] » contre les diktats des gouvernements nationalistes, fascistes et autres ennemis de l'émancipation de l'humaine nature. La signification profonde du roman est à rechercher dans ces combats quasi quotidiens que mène son auteur contre toutes espèces de servitudes.

*

remplaçant par celle de « masques de plâtre » (Montréal, Éditions de l'Homme, 1962, p. 52). La métaphore du « crétinisme » demeure l'une des expressions préférées de Harvey quand il lui vient l'envie d'attaquer, par exemple, « les politico-religioso-crétins » du journal *L'Action catholique*. Voir, à ce propos, les articles suivants parus dans *Le Soleil*: « Le crétinisme politico-religieux » (3 février 1927, p. 4); « Je vous remercie Seigneur » (17 août 1927, p. 4); « Interminable papotage d'échevins » (7 janvier 1931, p. 4); « Qu'on ne nous crétinise pas! » (8 octobre 1932, p. 16); « Mensonges de pharisiens » (30 décembre 1932, p. 4).

20. *Art et combat*, Montréal, Les Éditions du Jour, 1943, p. 26 et 29.

Avec la publication des *Demi-civilisés*, Harvey brise donc les « Tables de la Loi[21] ». Non qu'il soit le seul des écrivains et intellectuels québécois de son temps à s'en prendre à la puissance cléricale qui règne alors sur les mentalités; mais la virulence de son attaque libère un tel vent de modernités que la totalité de l'intelligentsia d'alors – essayistes, journalistes, directeurs de journaux ou de revues, poètes ou romanciers, professeurs universitaires, etc. – se taisent dans un silence coupable. Tout ce qu'il avait été jusqu'alors interdit de prononcer, Harvey ose le dire; plus encore, il s'en prend aux racines du mal, aux institutions religieuses, aux membres du clergé qu'il compare aux vendeurs du Temple. Ce qu'il appelait « la triple alliance du capital, du pouvoir civil et des choses saintes[22] » était à ses yeux la cause de ce crétinisme politico-religieux – ce « mal pire que la peste » – qui tenait les Québécois de son temps dans un état perpétuel de demi-civilisés.

---

21. L'expression est tirée de l'article « Quand Québec se dessale » du journaliste Berthelot Brunet, paru en première page de *L'Ordre* du 25 avril 1934. Très en faveur de la parution du roman, le journaliste y va de ses riantes louanges qui sont autant d'invites à le lire. Pur hasard ! L'article de Brunet paraît le même jour que celui de la condamnation du roman par le cardinal Villeneuve. Moins d'un mois plus tard, Berthelot Brunet se rétracte : *Les demi-civilisés* ne sont plus à ses yeux qu'un « formidable échec » ; voir l'article qu'il consacre au romancier Claude-Henri Grignon et à son recueil régionaliste *Le déserteur et autres récits de la terre* (Berthelot Brunet, « Portrait : Grignon fait de la terre », *L'Ordre*, 19 mai 1934, p. 1-2).
22. *DC*, p. 149.

De telles attaques ne pouvaient rester impunies. Elles appelaient le châtiment divin ! « Malheur à celui par qui le scandale arrive[23] ! » L'hyperbole est de Jésus lui-même : le roman scandaleux appelait sur lui les foudres de la Parole divine. La condamnation vint donc, aussi foudroyante qu'inattendue ! Exactement vingt jours après sa parution, le 6 avril 1934, aux Éditions du Totem de Montréal, le cardinal et archevêque Jean-Marie-Rodrigue Villeneuve – la plus haute autorité ecclésiastique de l'Église du Québec – condamne sans appel *Les demi-civilisés*. Rédigé le 25 avril 1934, le texte de la sentence cardinalice paraît le lendemain dans la *Semaine religieuse de Québec,* alors organe officiel de l'archevêché de Québec. Au nom « du *Code de Droit canonique* » et de sa « propre autorité archiépiscopale », le cardinal Villeneuve y interdit à tous les catholiques de son archidiocèse, et ce, « sous peine de faute grave », de « publier [le roman], de le lire, de le garder, de la vendre, de le traduire ou de le communiquer aux autres[24] ».

23. Matthieu 18.7.

24. Pour une lecture complète du texte de la condamnation du roman *Les demi-civilisés* par le cardinal Villeneuve, voir notre édition critique, p. 282-283. Le roman fut encore interdit de lecture dans les diocèses de Trois-Rivières et de Sherbrooke.

« Un cloporte comme Jean-Charles Harvey[25] »

Harvey paya très cher son audace. La parution des *Demi-civilisés* fit de lui un écrivain proscrit et méprisé

25. Le qualificatif est de Jean-Charles Falardeau (1914-1989), alors étudiant en sociologie à l'Université Laval; voir son article « Harvey, l'abbé Groulx et nous », paru le 21 octobre 1938 en une de *L'Hebdo-Laval*, journal de l'Association des étudiants de l'Université Laval. La violente harangue de Falardeau contre Harvey a de quoi surprendre. Quatre ans auparavant, la lecture des *Demi-civilisés* l'avait pourtant enthousiasmé au point qu'il rédigea alors un long texte de six pages dans lesquelles il faisait l'apologie du héros du roman, Max Hubert, en lutte contre ce qu'il appelait « la triple alliance du capital, du pouvoir civil et des choses saintes ». Mais après l'interdit de lecture du cardinal Villeneuve, les six pages du jeune Falardeau resteront à jamais inédites. Tels maints jeunes intellectuels de son temps, Farladeau, sans doute pris de peur, s'interdit d'envoyer son texte à un quelconque journal ou périodique. Et pourtant ces pages méritaient d'être publiées. En voici trois passages : « Ce livre est, du début à la fin, palpitant de vie, jamais encore, la "psychologie directe" de la vie canadienne contemporaine n'a été transcrite en des tableaux d'une telle acuité » ; « le grand mérite des "Demi-civilisés", c'est d'exposer courageusement le cas d'une jeunesse avide de vivre, de [broyer] l'apathie environnante, de réaliser un idéal qui sort des sentiers vulgaires » ; « Max Hubert demeurera certainement un type intéressant, digne d'être imité, ou du moins connu, car ses rêves sont trop beaux pour être sans lendemain ». Nous devons la connaissance de ces pages inédites de Jean-Charles Falardeau à Mme Yvette Gonzalo-Francoli, qui les retraça la première dans le Fonds d'archives de Jean Charles Harvey conservé au Service des archives de la Bibliothèque de l'Université de Sherbrooke; voir, à ce propos, son étude intitulée « La double réception des *Demi-civilisés*, 1934 et 1962 », dans *Les Cahiers d'études littéraires et culturelles* (études présentées et rassemblées par Richard Giguère), Sherbrooke, Département d'Études françaises, Université de Sherbrooke, 1982, p. 42-67.

et, par-dessus tout, un traître à la patrie… Non seulement il fut destitué séance tenante de son poste de rédacteur en chef du journal *Le Soleil*, mais il dut faire publiquement ses excuses à l'autorité cardinalice et prier son éditeur de retirer du marché son roman[26].

Ainsi, du jour au lendemain, Jean-Charles Harvey devient un « cloporte[27] », un insecte malpropre qui se vautre dans les bas-fonds de l'immoralité et de la calomnie, un « goujat », un « ouistiti » de la pire espèce, un « sale paltoquet » prétentieux et insolent qui dénigre les valeurs traditionnelles du Québec français. Aucun de ses collègues journalistes n'ose prendre réellement sa défense ; même les rares confrères écrivains ou intellectuels des années 1930 qui partagent timidement ses idées – Olivar Asselin, Jean Bruchési, Alfred DesRochers, Raoul Cloutier et quelques autres –, les uns après les autres, lui expriment leurs sincères regrets de ne pouvoir s'opposer à l'interdit de lecture prononcé par le cardinal Jean-Marie-Rodrigue Villeneuve ; tous sont étouffés par la peur, personne n'ose

---

26. La déclaration de Harvey paraît le 27 avril 1934 en troisième page de L'Action catholique : « M. Jean-Charles Harvey, nous adresse pour publication la déclaration suivante, que nous nous empressons de communiquer au public : “Après la déclaration de Son Éminence le cardinal Villeneuve publiée hier, je consens à retirer du marché mon dernier roman *Les demi-civilisés*, et je prie les libraires et l'éditeur de vouloir bien en tenir compte.” » Le texte entier de la déclaration est reproduit dans notre édition critique, p. 282-283.
27. Voir *supra*, note 25.

se compromettre[28]. D'autres donnent même raison au cardinal d'avoir interdit le roman : « Maintenant qu'il s'est soumis à l'autorité ecclésiastique », conseille le journaliste Lucien Parizeau, Harvey « devrait reprendre sous une autre forme les bonnes idées de son ouvrage, et les répandre, avec l'autorisation du cardinal, archevêque de Québec[29]. » Le conseil de Parizeau reprenait en quelque sorte celui que la direction de *L'Action catholique* adressait à Harvey le 27 avril 1934, le félicitant (!) d'avoir obéi si promptement à l'ordre cardinalice en retirant du marché son roman : « Par ce geste, notre confrère cause un véritable plaisir à tous ceux qui l'estiment véritablement. M. Harvey accomplit sans doute un devoir, mais un de ces devoirs dont l'accomplissement honore dans la mesure où il coûte. Et cet acte marquera l'une des étapes les plus fructueuses de la carrière de l'auteur, si le devoir est accompli avec courage jusqu'au bout[30]. »

Frappé également d'interdit de lecture dans les diocèses catholiques de Sherbrooke et de Trois-Rivières[31],

---

28. Voir, à ce propos, les lettres que les écrivains et intellectuels suivants envoient à Harvey : Olivar Asselin (27 avril 1934), Jean Bruchési (2 mai 1934), Alfred DesRochers (30 avril 1934), Raoul Clouthier (10 mai 1934), Adrien Plouffe (10 mai 1934) et Albert Jutras (11 juillet 1934). Ces lettres sont déposées dans le Fonds d'archives Jean-Charles Harvey (1915-1967) : Université de Sherbrooke (P11/D) : « Correspondance ».
29. Lucien Parizeau, « Le roman de Jean-Charles Harvey », *L'Ordre*, 1er mai 1934, p. 1.
30. « Une déclaration de M. Jean-Charles Harvey », *L'Action catholique*, 27 avril 1934.
31. Consulter à ce sujet notre édition critique, p. 37-38, notes 103 et 104.

Les demi-civilisés devient néanmoins en quelques semaines un succès de librairie. Publiée à la une dans la plupart des journaux du Québec, la déclaration de l'archevêque de Québec eut l'effet contraire de celui qui était recherché par les autorités religieuses et politiques du temps. Le public lecteur voulait goûter « le fruit défendu[32] ». En deux jours seulement, tout près de deux mille exemplaires sont vendus. Pour Jean-Charles Harvey, « ce furent des heures de célébrité[33] », et pour l'éditeur Albert Pelletier, une affaire inespérée. À Alfred DesRochers qui lui demande la réaction de son épouse au geste posé par le cardinal Villeneuve, il répond : « [...] épanouie comme dans ses meilleurs moments. Et depuis, j'ai vendu 700 exemplaires des Demi-civilisés à Montréal : 147 hier, et le reste cet après-midi. Il ne m'en reste plus un seul exemplaire ici. Un boom ! Une surprise ! Une réclame comme il ne s'en est jamais vu[34] ! »

*

32. Jean-Charles Harvey, « Introduction », *DC*, p. 9.
33. *Ibid.*
34. Et Albert Pelletier de compléter ainsi sa lettre du 28 avril 1934 à Alfred DesRochers : « Je me demande si, en conscience, je ne dois pas payer une commission au Cardinal comme agent de publicité. Québec en a acheté 900. Et je n'ai pas encore vu le secrétaire de la Province, le seul service d'État à qui je vends une certaine quantité de ma production » (Fonds d'archives Alfred DesRochers / P6 : BAnQ-Sherbrooke). Il semble qu'il y eut au moins trois tirages de 1000 exemplaires chacun des *Demi-civilisés* ; voir, à ce propos, Liette Bergeron, « Les Éditions du Totem », *L'édition littéraire en quête d'autonomie : Albert Lévesque et son temps* (Québec, Les Presses de l'Université Laval, 1994, p. 48).

Le succès de librairie du roman est celui de la jeunesse de son temps. Les témoignages de l'époque sont unanimes là-dessus : Harvey a donné à la jeunesse des années 1930 les raisons de crier haut et fort ses révoltes et ses espérances ; les cris de révolte de Max Hubert sont sans conteste ceux d'une génération de jeunes intellectuels québécois[35] qui veut vivre au diapason de son temps, et non plus dans « la poussière du passé[36] ». *Les demi-civilisés* leur allait droit au cœur. À n'en point douter, sa parution s'inscrit dans l'histoire d'une décennie au cours de laquelle le Québec vit sa première grande crise intellectuelle et spirituelle du XXe siècle. La condamnation du roman par le cardinal Villeneuve n'est à vrai dire qu'un geste désespéré pour sauver une Laurentie catholique et française qui se meurt, mais pour mieux renaître dans un temps nouveau… Une preuve parmi d'autres, un article paru dans *Le Canada* du 27 avril 1934 et qui porte la signature de Henri Girard. Défiant la condamnation du roman parue la veille, le journaliste traduit ainsi son

35. Parmi eux, il faut retenir plus particulièrement les écrivains suivants : Marcel Dugas (1883-1947), Jean-Louis Gagnon (1913-2004), Hector de Saint-Denys Garneau (1912-1943), Alain Grandbois (1910-1975), Albert Laberge (1871-1960), Jean-Aubert Loranger (1896-1042) et Paul Morin (1889-1963). Sur cette génération d'intellectuels des années 1930, voir l'excellente étude d'Yvan Lamonde, *La modernité au Québec : la crise de l'homme et de l'esprit* (1929-1939), Montréal, Fides, 2011, 332 p.
36. L'expression est du peintre québécois Adrien Hébert (1890-1967). À lire, son article « Un point de vue », paru dans *L'Action universitaire* (vol. 1, nº 5, avril 1935, p. 10-11), dans lequel le peintre prend résolument parti pour la modernité de son temps.

enthousiasme à la lecture du roman : « *Les demi-civilisés* ont [...] la valeur d'un manifeste, d'une révolte de l'intelligence au bord du néant. » À n'en point douter, l'article se fait le relais d'« un cri instinctif[37] », celui du mal de vivre de toute une génération. Aucune hésitation encore de la part d'Henri Girard quant au titre à donner à son texte : *Les demi-civilisés* sont « Un livre de combat ! » En voici quelques passages :

> [P]our les provinciaux que nous sommes tout plus ou moins, *Les demi-civilisés* sont un livre extraordinaire. Un homme de chez nous avec mesure et pondération a osé écrire pour tous les yeux et pour tous les cerveaux des vérités indéniables qui se chuchotaient à voix basse. [...] Avec cette lucidité que nous lui connaissons, M. Harvey arrache le voile de vanité sous lequel notre infériorité intellectuelle tentait de se dissimuler. Il met nos cerveaux à nu dans leur faiblesse, leur ignorance et leur peur de la pensée. Je vois dans *Les demi-civilisés* le rayon X qui révèle sous la chair d'apparence saine le cancer qui donnera la mort, si on ne s'empresse d'opérer le malade. L'immense troupeau des « satisfaits » protestera en vain. Il ne pourrait empêcher les esprits droits de garder en mémoire l'image du mal qu'il importe de guérir [...]. Avec *Les demi-civilisés*, la littérature canadienne rompt les amarres qui l'attachaient à la médiocrité

37. L'expression est tirée du « Manifeste » de la revue *Vivre*, paru dans *L'Ordre* du 11 octobre 1935, p. 4. À propos de la brève, mais intense histoire de la revue *Vivre* (15 mai 1934-15 mai 1935), voir l'excellent article d'Yvan Lamonde, « La rage de *Vivre* et les *Cahiers noirs* » (1934-1935), *Mens : revue d'histoire intellectuelle et culturelle* (vol. 9, nº 2, printemps 2009, p. 187-206).

légendaire du sol natal. Elle vogue déjà toutes voiles dehors vers la terre de France[38].

Un récit de la modernité

Le roman *Les demi-civilisés* n'est pas uniquement celui d'une génération. Ses itinéraires narratifs vont des années 1930 à nos jours. Rares, d'ailleurs, sont les romans québécois qui ont suscité des « horizons d'attente[39] » si nombreux, si différents et si controversés. Car c'est bien de cela qu'il s'agit: d'une histoire narrative – d'ailleurs autant fictive que réaliste – dans

---

38. Henri Girard, « La vie littéraire: un livre de combat », *Le Canada*, 27 avril 1934, p. 2.; voir aussi notre édition critique, p. 40. Henri Girard formule cependant quelques réserves à propos de la facture narrative du roman: « Le livre de M. Harvey, que j'aime beaucoup pour son contenu d'idées, ne m'emballe guère en tant que roman. La fabulation en est assez pauvre. J'y vois trop de rêves, trop de circonstances violentes, une foule de circonstances qui sont peut-être conformes à la réalité, mais que l'auteur n'a pas su rendre vraisemblables… » (*Le Canada*, 27 avril 1934, p. 2).

39. Suivant Paul Ricœur, la notion d'« horizon d'attente » pourrait se définir comme « un futur-rendu-présent ». Toute société choisit de commémorer tels types d'événements historiques plutôt que d'autres. Elle construit en quelque sorte son histoire de manière à ce que son futur soit conforme à son champ d'expérience passé. Comme l'énonce encore si bien Reinhart Koselleck: « l'attente s'accomplit dans le présent »: « elle est un futur actualisé, elle tend à ce-qui-n'est-pas-encore »; plus concrètement, « elle est cette ligne derrière laquelle va s'ouvrir un nouveau champ d'expérience » (Reinhart Koselleck, *Le futur passé: contribution à la sémantique des temps historiques*, Paris, École des hautes études en sciences sociales, 1990, p. 311-313; Paul Ricœur, *Temps et récit: le temps raconté*, Paris, Le Seuil, vol. 3, 1985, p. 375-391 et *passim*.

laquelle s'affrontent « le futur et son passé », pour reprendre la belle expression de Paul Ricœur[40]. La condamnation du roman par le cardinal Villeneuve ne s'explique pas autrement, ni non plus le sort qu'on a réservé à son auteur. Voilà qu'en effet, contre toute attente, un simple roman vient troubler « l'agir et le pâtir[41] » de toute une société en mal de son avenir. Lire *Les demi-civilisés* en ces années 1930, c'est en quelque sorte lire un récit en rupture complète avec son temps : celui, de toute évidence, des hautes autorités religieuses, qui tiennent à préserver jalousement leur pouvoir temporel sur la conduite des bonnes mœurs ; celui du Parti libéral du premier ministre Louis-Alexandre Taschereau (1867-1952), qui sanctionne le licenciement brutal[42] de Harvey de son poste de rédacteur en chef du journal *Le Soleil* ; celui,

40. Paul Ricœur, *op. cit.*, p. 375.
41. Paul Ricœur, *Temps et récit : l'intrigue et le récit historique*, Paris, Le Seuil, vol. 1, 1983, p. 94.
42. Suivant Jean-Charles Harvey lui-même, la demande de sa soumission aux diktats des autorités ecclésiastiques émanait moins du cardinal Villeneuve que du premier ministre du Québec d'alors, Louis-Alexandre Taschereau, et de son ami Jacob Nicol (1876-1958), alors propriétaire du *Soleil* et membre influent du Parti libéral. Ce sont eux qui auraient exigé le renvoi de Jean-Charles Harvey de son poste de rédacteur en chef du *Soleil*, lui promettant une indemnité de six mois de salaire et un poste dans la fonction publique québécoise, à la condition, bien sûr, qu'il annonce publiquement sa décision de retirer son roman de la circulation (voir Jean-Charles Harvey, « *Manuscrits autobiographiques* » : Fonds Jean-Charles Harvey 1915-1967, Université de Sherbrooke (P11/A4-V/32, f.20-23) ; voir aussi son « Introduction » à la deuxième édition (1962) des *Demi-civilisés*, reproduite en pages 7 à 11 de la présente édition.

finalement, du temps narratif, comme il est relaté dans le roman lui-même, de tout ce petit peuple de « demi-civilisés » dont les horizons d'attente demeurent accrochés à un temps historique qui n'a plus d'avenir : fidélités à une religion imbue de pratiques factices et pudibondes, attachement inconditionnel à des traditions familiales grégaires et étouffantes, résignations à des modes d'éducation séculaires qui asphyxient l'esprit, etc. Seul Max Hubert et la petite équipe de journalistes de sa revue *Le Vingtième siècle* luttent pour l'avènement d'une société québécoise aux horizons d'attente tournés vers les modernités d'un futur libérateur. Voilà le premier récit historique du roman : un récit qui sème dans les esprits du temps une foule de doutes et d'audaces à propos des mystères divins et d'un bonheur terrestre tourné uniquement vers les choses d'ici-bas ! Plus de béatitudes du Ciel ! Uniquement celles de la vie sur terre ! La signification à donner aux *Demi-civilisés* se résume à ceci : mordre vivement les fruits de la vie, avant de boire au calice de la mort !

Jean-Charles Harvey, précurseur de la Révolution tranquille[43]

Nouvel horizon d'attente pour le roman *Les demi-civilisés* ! Réédité en janvier 1962 aux Éditions de

---

Pour une lecture plus détaillée de cette « Introduction », voir encore notre édition critique, à l'« Appendice I », p. 265-273.

43. C'est le titre que Marcel-Aimé Gagnon donne à sa biographie de Jean-Charles Harvey (Montréal, Éditions Beauchemin, 1970, 382 p.).

l'Homme, il a droit à une réception critique toute neuve. Ce n'est plus, en effet, le livre maudit des années 1930; et son auteur, lui, n'est plus le proscrit de l'institution littéraire, l'homme frappé de disgrâce au point d'en avoir subi de désastreuses conséquences pendant des décennies. Non. L'année 1962 est celle de la réhabilitation des *Demi-civilisés* et de Harvey: l'un et l'autre trouvent grâce presque unanimement aux yeux des critiques. Élevé au rang de romancier visionnaire, Harvey est désormais jugé digne de faire partie de la lignée historique des intellectuels québécois les plus renommés, les Louis-Antoine Dessaulles, Arthur Buies, Olivar Asselin, Jules Fournier et autres, qui ont payé cher leur combat pour la liberté de l'esprit, pour l'avènement d'une laïcité affranchie des « faux dogmes et des dieux morts[44] », pour leur engagement intransigeant en faveur d'une Laurentie française pleinement nord-américaine. Le journaliste et romancier Jean-Charles Harvey, plus que tout autre, avait livré un combat acharné contre ces années de « Grande Noirceur[45] »

---

44. Jean-Louis Gagnon, « À nous jeunesse! », introduction au premier et unique numéro de la revue *Les Cahiers noirs* (1er septembre 1935, p. 8) qui remplaçait l'éphémère revue *Vivre*. Ce numéro des *Cahiers noirs* contient, complètement remanié et augmenté, le texte de la célèbre conférence intitulée « La crise de la jeunesse » que Jean-Charles Harvey prononça devant les membres du club Kiwanis de Québec, le 6 juin 1935. Le texte de la conférence est reproduit par la suite dans la revue *Les Idées* (vol. 2, nº 5, juin 1935, p. 321-327). Harvey avait publié auparavant, sous le même titre, un court article dans la revue *Vivre* (vol. 2, nº 5, 15 mai 1935, p. 11).
45. L'expression désigne la période historique du Québec contemporain comprise entre les années de l'après-guerre et le décès du premier ministre Maurice Duplessis survenu le 7 septembre 1959.

dans lesquelles le Québec était plongé depuis des décennies ! Bref, la réédition de son roman *Les demi-civilisés* arrivait à point nommé ! À l'aube de sa Révolution tranquille, le Québec intellectuel des années 1960 avait en quelque sorte une dette de reconnaissance envers Harvey ; non seulement il avait été « l'un des littérateurs les plus remarquables de son temps[46] », mais il avait « servi de paratonnerre à toute une génération d'écrivains[47] ». Quant à son roman, il demeurait « l'un des livres clés de la littérature canadienne-française[48] » et constituait, « avec *Refus global*, l'ouvrage le plus subversif jamais écrit[49] » au Québec. Après vingt-huit ans, Jean-Charles Harvey passait ainsi du statut d'écrivain et de journaliste iconoclaste à celui de héros précurseur de la Révolution tranquille. Le Québec littéraire des années 1960 avait besoin d'une sorte d'œuvre médiatrice pour l'affranchir des interdits de son passé et lui indiquer les nouveaux horizons d'at-

---

À propos de cette période historique, voir: Léon Dion, *Québec 1945-2000: les intellectuels et le temps Duplessis*, Québec, Presses de l'Université Laval, 1993, 538 p.; André.-G. Gagnon et Michel Sarra-Bournet (dir.), *Duplessis entre la grande noirceur et la société libérale*, Montréal, Québec Amérique, 1997, 398 p.

46. Jean Hamelin, « 28 ans après, retour des *Demi-civilisés* », *Le Devoir*, 9 janvier 1962, p. 1.

47. Roland-M. Charland, « Étude d'auteur canadien: Jean-Charles Harvey », *Lectures*, vol. 12, nº 1, septembre 1965, p. 6.

48. Gilles Marcotte, *Une littérature qui se fait*, Montréal, Éditions HMH, 1962, p. 25.

49. Léon Dion, *Québec 1945-2000: les intellectuels et le temps Duplessis*, Québec, Presses de l'Université Laval, tome 2, 1993, p.254.

tente porteurs des libertés désirées. *Les demi-civilisés* fut cette œuvre. Maints écrivains y trouvèrent la voie révolutionnaire à suivre.

Le combattant de toutes les libérations

Affirmer que Jean-Charles Harvey et son œuvre sont inséparables n'a rien d'une banalité. Harvey et l'homme harveyen ont cheminé ensemble avec la même révolte pendant près d'un demi-siècle. Voilà peut-être la source à la fois de leur réussite et de leur échec. Voilà peut-être aussi pourquoi leur commune destinée a attiré sur eux tant de regards interrogateurs, tant d'ennemis intraitables, tant d'écrivaillons hargneux, mais aussi un nombre imposant de complices fidèles, de fervents partisans, de défenseurs passionnés. Jean-Charles Harvey est décédé le 3 janvier 1967, à l'âge de 75 ans. Qui aurait pu prédire que l'homme et l'œuvre retiendraient l'attention soutenue de l'intelligentsia québécoise des trois dernières décennies ? Le discours québécois contemporain sur la modernité a son panthéon d'artistes, d'écrivains, de poètes, d'intellectuels de toutes disciplines confondues ; citons, pour mémoire, parmi les plus remarquables : le romancier Hubert Aquin (1929-1977), le peintre Paul-Émile Borduas (1905-1960), le sociologue Fernand Dumont (1927-1997), l'historien Maurice Séguin (1918-1984), le poète Hector de Saint-Denys Garneau (1912-1943), l'essayiste Pierre Vallières (1938-1998). D'autres noms illustres pourraient certainement être ajoutés à cette courte liste. Notre étonnement à nous est d'y voir inscrit celui de Jean-Charles

Harvey[50]. Plus qu'au temps des années 1960, les jugements en sa faveur s'expriment majoritairement en termes de reconnaissance[51].

S'il fallait en présenter un résumé, nous le ferions en ces termes : il n'y aurait pas eu au Québec de « première libération intellectuelle » sans la parution, le 6 avril 1934, du roman *Les demi-civilisés* ; il n'y aurait pas eu, le 26 mai 1943, de loi québécoise sur l'éducation

---

50. À partir des années 1980, l'œuvre journalistique et littéraire de Jean-Charles Harvey connaît une postérité sans précédent. Ses principales œuvres de fiction sont rééditées et font l'objet de maintes études universitaires (mémoires de maîtrise et thèses de doctorat), d'articles dans les revues littéraires, historiques ou sociologiques ; ses essais idéologiques et son immense œuvre journalistique font l'objet de livres ou de chapitres de livres consacrés à l'étude de l'avènement de la Révolution tranquille, ou encore à la pénétration, au Québec, du phénomène de la modernité à partir des années 1980. Voir, à ce propos, l'« Appendice » inséré à la suite de la présente postface. Nous y présentons une recension des titres d'ouvrages, de travaux universitaires et d'articles de revues consacrés à la carrière journalistique et littéraire de Jean-Charles Harvey et à son roman *Les demi-civilisés*.

51. Parmi tous ces jugements, il y a cependant celui, très discordant, de l'historien Gérard Bouchard, pour qui l'engagement intellectuel de Jean-Charles Harvey fut quasiment un « échec » total ; à lire, à ce propos, son analyse historique intitulée « Les quatre saisons de Jean-Charles Harvey », insérée au chapitre V de son ouvrage *La pensée impuissante : échecs et mythes nationaux canadiens-français (1850-1960)*, Montréal, Boréal, 2004, p. 169-219. Pour une meilleure compréhension de la position idéologique de Bouchard à propos de Harvey et son œuvre, voir l'un des passages de son essai inséré à la fin de notre partie intitulée « Extraits critiques » (p. 230-231).

obligatoire et laïque[52] sans le combat épique mené pour elle par Jean-Charles Harvey et son journal *Le Jour* (1937-1946) ; il ne saurait y avoir, enfin, de lecture complète du manifeste *Refus global* (9 août 1948) de Paul-Émile Borduas sans celle de la mémorable conférence *La peur*, prononcée par Harvey le 9 mai 1945 devant les membres de l'Institut démocratique canadien de Montréal. Trois ans seulement séparent la parution des deux textes, discours annonciateurs de modernité et, surtout, discours de rupture d'avec les peurs ancestrales qui tenaillent depuis toujours l'âme québécoise. Borduas interpelle la « peur » quatorze fois de suite dans son *Refus global*. Harvey l'invective quant à lui à trente-trois reprises dans sa conférence. Quelle parenté d'esprit entre ces deux textes ! Ne faudrait-il pas méditer la leçon d'histoire qu'ils nous donnent ?

Harvey, le combattant de toutes les libérations ! Harvey, le pourfendeur de toutes les peurs ! C'est sur ces mots que nous voulons clore cette postface. Enfin, c'est à Jean-Charles Harvey lui-même que nous voudrions finalement donner la parole. Elle est tirée d'une page de sa célèbre conférence. Près de trois quarts de siècle nous séparent de ce texte. À le relire aujourd'hui, elle nous paraît être encore d'une juste et impérative urgence :

---

52. C'est le 26 mai 1943 que le gouvernement libéral d'Adélard Godbout rendit la fréquentation scolaire obligatoire pour les enfants du Québec âgés de 6 à 14 ans ; la Loi concernant la fréquentation scolaire obligatoire imposait des amendes aux parents qui retiraient leurs enfants de l'école avant l'âge permis.

Il ne faut pas que sur cette terre d'Amérique, citadelle de toutes les libertés, centre du monde démocratique, ce soient les descendants de la France qui aient le plus lourd fardeau de peurs et le moins de libertés; il ne faut pas qu'il soit dit, sur cette terre libre, qu'il suffit de parler français pour tomber dans la servitude. Le français n'a de chance de survivre que s'il devient le synonyme d'audace, de culture, de civilisation et de liberté[53].

GUILDO ROUSSEAU
avril 2016

53. Jean-Charles Harvey, *La peur*, Montréal, Boréal, 2000, p. 44. D'abord reproduit le 12 mai 1945 dans le journal *Le Jour* (p. 1, 4 et 5), le texte de la conférence est ensuite inséré dans le périodique les *Feuilles démocratiques* (Saint-Hyacinthe, Imprimerie Yamaska, vol. 1, n° 1, septembre 1945, 16 p.). Il existe aussi une version anglaise de la conférence, publiée sous le titre: *Fear: Text of an Address Given to the Institut Demogratique Canadien of Montreal* [s.l., s. édit.], 1945, 26 p.

APPENDICE

Recension des titres d'ouvrages et d'articles de revues sur Jean-Charles Harvey et sur *Les demi-civilisés*, tirés de bases de données du réseau universitaire québécois

années	1940-1949	1950-1959	1960-1969	1970-1979	1980-1989	1990-1999	2000-2009	2010-2014	total
CHOIX *MEDIA*									
Jean-Charles Harvey	—	—	01	01	04	02	02	—	**10**
Les demi-civilisés	—	—	01	01	04	02	02	—	**10**
EBRARY									
Jean-Charles Harvey	—	01	04	03	06	09	16	—	**39**
Les demi-civilisés	—	01	02	03	07	09	15	—	**37**
ÉRUDIT									
Jean-Charles Harvey	01	02	28	46	75	87	122	67	**428**
Les demi-civilisés	02	02	09	16	27	25	51	09	**141**
EUREKA									
Jean-Charles Harvey	—	—	—	—	11	42	39	10	**102**
Les demi-civilisés	—	—	—	—	11	42	39	10	**102**
GOOGLE LIVRES									
Jean-Charles Harvey	—	01	09	11	19	12	06	—	**58**
Les demi-civilisés	—	01	09	11	19	12	06	—	**58**
PERSÉE									
Jean-Charles Harvey	—	—	—	—	—	02	—	—	**02**
Les demi-civilisés	—	—	—	—	—	02	—	—	**02**
PROQUEST									
Jean-Charles Harvey	02	02	06	12	13	19	48	16	**118**
Les demi-civilisés	—	—	04	06	04	06	14	06	**40**
REPÈRE									
Jean-Charles Harvey	—	—	—	—	03	01	06	—	**10**
Les demi-civilisés	—	—	—	—	03	01	06	—	**10**
Grand total	**05**	**10**	**73**	**110**	**206**	**273**	**372**	**118**	**1 167**

Note: Le tableau ci-dessus n'a nullement la prétention de fournir une recension complète et exacte de la totalité des publications parues sur Jean-Charles Harvey et ses œuvres entre 1940 et 2014. Les données qu'il contient proviennent d'une recherche à partir d'un certain nombre de bases de données accessibles en ligne à partir du réseau universitaire québécois. Un type de bases de données a été principalement privilégié: celles dites « plein-texte » à partir desquelles il est possible de colliger les titres de livres portant entièrement ou partiellement sur un auteur ou sur un sujet donné. C'est notamment le cas des bases de données Ebrary et Google Livres, qui recensent un nombre important de livres parus en langue française, y compris ceux distribués en format numérique. Les autres bases plein-texte consultées sont dans l'ordre: la base Érudit, qui donne principalement accès aux articles parus majoritairement dans les revues québécoises et canadiennes de langue française; les bases Persée et Repère, qui colligent les articles de périodiques publiés en français au Québec, au Canada et en France principalement; et la base Eureka, qui recense les articles parus en diverses langues (français, espagnol, allemand, portugais) dans les journaux publiés au Canada, aux États-Unis, en Amérique Latine, en Europe et en Asie. Deux autres bases de données nous ont paru pertinentes à consulter: la base bibliographique ChoixMédia, qui permet de recenser par mots-clés les titres des livres, CD-ROM, DVD, et autres ouvrages parus en langue française; et la base Proquest dissertations & theses, qui diffuse en mode plein-texte le contenu des thèses de doctorat et des mémoires de maîtrise soutenus dans les universités canadiennes, québécoises, américaines et européennes. Enfin, un avertissement s'impose. Les données statistiques recueillies à partir de ces bases de données n'ont, à notre avis, qu'une valeur approximative. Maints titres d'ouvrages ou d'articles de revues peuvent se répéter d'une base de données à l'autre, ou encore, ne pas y apparaître du tout. La recension des données a été faite entre le 1er et le 15 mars 2015.

EXTRAITS CRITIQUES

Jean-Charles Harvey fait claquer comme un coup de fouet une revendication qui n'est plus seulement celle d'une abstraction collective, mais la sienne, celle d'un individu qui s'appelle Jean-Charles Harvey. « Je me nomme Max Hubert. » Je me nomme Jean-Charles Harvey. Moi. Vous entendez. Moi qui ne veux avoir d'autres idées, d'autres sentiments, que ceux que je me serai découverts ou forgés moi-même [...]. La plupart de ses romans sont devenus illisibles ; mais *Les demi-civilisés* demeurent un des livres-clés de la littérature canadienne-française.

GILLES MARCOTTE, *Une littérature qui se fait*, Montréal, HMH, 1962, p. 22-25.

*

La peinture que fait Jean-Charles Harvey de ses compatriotes est vraie aujourd'hui, puisque nous pouvons nous voir et nous accepter tels que nous étions alors, mais quand parurent *Les demi-civilisés*. Elle était surtout projection dans l'avenir. Le drame des Canadiens français, c'est que leur passé les a écrasés. Il était nécessaire de le grandir pour triompher au-dehors ; mais le transformer en idéale perfection, c'était aussi nous rapetisser dans le présent. Un peuple pauvre et inculte court au suicide s'il n'a pas constamment devant lui l'image de ce qu'il a été, puissant et dynamique.

JEAN ÉTHIER-BLAIS, « La cité : ferment intellectuel et symbolique de demain », *Le Devoir*, 7 novembre 1964, p. 26.

*

Ce qui fait la valeur des *Demi-civilisés* et d'une façon générale de toute l'œuvre de Harvey, c'est qu'on y traite le problème de la manifestation de la liberté individuelle dans une société conventionnelle. La liberté pour Harvey est beaucoup plus consciente et lucide et dynamique que révolte et anarchie ; l'individu, ayant droit à l'expression de sa liberté aussi bien dans son opinion que dans sa conduite, ne peut tolérer, dans un monde statique de contraintes et de pressions, qu'on lui refuse le droit personnel. L'attitude de Harvey se nuance toutefois, et il revendique sa liberté individuelle de non-conformiste sans essayer de l'imposer à qui que ce soit ; en somme, il accepte le point de vue des conformistes en ce qui les concerne, eux, étant donné qu'ils sont libres de refuser leur liberté, de refuser tout risque, mais il réclame pour lui (et ses semblables) le droit et l'usage de la liberté d'opinion et de conduite ; « toute coercition, même contre mes ennemis, serait contre ma nature » [p. 61].

GUY ROBERT, *Aspects de la littérature québécoise*, Montréal, Beauchemin, 1970, p. 107.

*

Combattant, Jean-Charles Harvey a ouvert et maintenu pendant des années une brèche à l'image de celle qu'ont pratiquée des soldats chargés d'établir une tête de pont qui tienne. En se prononçant avec vigueur sur un certain nombre d'idées taboues sujettes à passer pour des insultes plutôt que pour les éléments d'une pensée nouvelle, il se devait de recevoir le châtiment réservé à ceux qui dégagent la voie pour les sans-voix [...]. Au fond, Jean-Charles Harvey a l'avenir devant lui. Le silence entourant cet homme libre constitue bien la marque de sa force subversive toujours d'actualité et porteuse d'espoir [...]. Le combattant du *Jour* demeure encore le symbole muet, mais inquiétant d'une révolte toujours appréhendée par les puissants de passage.

YVES LAVERTU, *Jean-Charles Harvey, le combattant*, Montréal, Boréal, 2000, p. 394-401.

*

Se libérer tout en cherchant à libérer ses concitoyens, parler haut et fort, dire toutes les vérités que l'on sait compromettantes, sans réserve, pour servir la vérité, tout simplement, sans craindre les représailles, les coups bas, les médisances: telle a été l'attitude de Jean-Charles Harvey, combattant de la première heure, précurseur de la Révolution tranquille. Son combat, Harvey l'a mené sur plusieurs fronts à la fois, comme romancier, journaliste et conférencier, avec une ardeur, une ténacité et un courage sans doute inégalés en son temps [...]. Cette modernisation accélérée et généralisée de la société, qu'on appela au Québec la « Révolution tranquille », n'aurait toutefois jamais pu avoir lieu si elle n'avait pas été préparée de longue date par des précurseurs et des combattants comme Jean-Charles Harvey. En ce sens, l'histoire de la modernité intellectuelle au Québec précède la Révolution tranquille.

SIMON NADEAU, *L'autre modernité*, Montréal, Boréal, 2013, p. 23-24.

*

Depuis sa mort en 1967, on a fait de Harvey un champion inconditionnel de la liberté, une sorte d'absolutiste qui aurait tout sacrifié à cette cause, une victime de la Grande Noirceur. Comme journaliste, en particulier, il n'aurait reculé devant rien pour préserver son indépendance. Cette image appelle de substantielles retouches. Je rappelle d'abord qu'en 1917-1918, journaliste à *La Presse*, il était chargé de promouvoir la cause de la conscription militaire en célébrant les déclarations des ministres francophones à Ottawa. Il revient lui-même sur cette période vers la fin de sa vie, évoquant avec un cynisme ses « flamboyants comptes rendus de propagande ». Entre 1922 et 1934, au *Soleil*, il fut le rédacteur principal (et bien rémunéré) d'un quotidien prestigieux, entièrement voué aux intérêts du parti au pouvoir. Dans cette fonction, il défendit docilement toutes les idées qu'on lui soumit

(« ma plume était alors politiquement au service d'Alexandre Taschereau »). En 1925, il fit la même chose pendant quelques mois au *Cri de Québec*. En 1931, il confiait à un ami : « Je suis tanné de m'avachir dans le cul d'un grand journal dont je suis obligé d'avaler toutes les déjections ». En 1934, au moment de la condamnation des *Demi-civilisés*, il accepta de signer le texte par lequel il répudiait en quelque sorte son roman en demandant qu'il soit retiré du marché – « humiliante déclaration » – que, dans les années 1960, il confessa avoir regretté toute sa vie [...]. Harvey s'est toujours posé en partisan du relèvement collectif des Canadiens français ; toutes ses critiques, ses luttes, même les plus acariâtres, ont tendu vers cela. Et cependant, à partir de la fin des années 1930 surtout, sous prétexte d'un universalisme, il se comporta quasiment en ennemi de sa nation, sembla même la répudier, ne plus croire en son avenir (ni en son existence), en se réfugiant comme par dépit, comme par démission, dans une anglophilie sans réserve. La Révolution tranquille a alors montré que, au Québec, le principal chemin vers la modernité passait par un nationalisme renouvelé.

Gérard Bouchard, « Les quatre saisons de Jean-Charles Harvey », dans *La pensée impuissante : échecs et mythes nationaux canadiens-français (1850-1960)*, Montréal, Boréal, 2004, p. 210 et 219.

BIOGRAPHIE SOMMAIRE

de Jean-Charles Harvey

Jean-Charles Harvey est né à La Malbaie le 10 novembre 1891. Avec sa famille, il passe une partie de sa petite enfance à Manchester (États-Unis), avant de revenir en 1895 dans le comté de Charlevoix, à Saint-Irénée, où il a fait ses études primaires. En 1905, il entre au petit séminaire de Chicoutimi où il est pensionnaire jusqu'en 1908. Il entre ensuite au scolasticat des jésuites, au Sault-au-Récollet, près de Montréal. Il prononce ses premiers vœux en 1910. Il quitte la Compagnie de Jésus le 22 janvier 1915 et suit quelques cours de droit de l'Université Laval à Montréal.

Harvey fut journaliste toute sa vie. Sa carrière débute en 1914 comme reporter au journal *Le Canada*; l'année suivante, il obtient un poste de journaliste à *La Patrie*, puis à *La Presse*, de 1916 à 1918. Le 19 août 1918, il accepte le poste de gérant de la publicité à la Machine agricole nationale limitée de Montmagny. En février 1922, Harvey entre au journal *Le Soleil* de Québec, dont il sera le rédacteur en chef de 1927 à 1934. Il dirige aussi *Le Cri de Québec*, l'organe officiel des jeunes libéraux, dans lequel il signe des articles vigoureux sous divers pseudonymes, dont « Benjamin Doré », « Sapho » et « Un Sauvage ».

À titre de rédacteur en chef du *Soleil*, Jean-Charles Harvey mène un combat vigoureux contre tout ce qu'il appelle « le crétinisme politico-religieux ». Sa principale cible est le journal *L'Action catholique*, dont il ne cesse de pourfendre les positions idéologiques à ses yeux rétrogrades et arriérées. Aussi journaliste de parti, Harvey fait siens les intérêts du *Soleil*, dont les vues et les politiques sont, à cette époque, celles du Parti libéral et de son chef Louis-Alexandre Taschereau, premier ministre du Québec de juillet 1920 à février 1936. La plume polémiste de Harvey inquiète cependant la haute hiérarchie du Parti libéral. Sous le discours anonyme de ses éditoriaux se mesure le talent redoutable du journaliste ironique, le don du styliste maniant avec brio les variantes caustiques de la métaphore du « crétinisme », ou encore l'art de l'écrivain impatient et totalement engagé dans une seule et même cause : combattre toute coercition et servitude politique, sociale, culturelle, religieuse, afin de donner au peuple canadien-français la liberté de choisir son destin. L'univers idéologique de Jean-Charles Harvey est complexe : l'homme, le journaliste et l'écrivain furent, suivant les périodes de leur vie, un nationaliste ardent, un adepte momentané du fascisme et du communisme, un réformateur libéral, un défenseur du nationalisme canadien et, finalement, un adversaire de l'idée de l'indépendance du Québec.

Harvey fut aussi écrivain. Son œuvre littéraire est assez diversifiée : contes et nouvelles dans *La Revue moderne* à partir des années 1920 ; *La chasse aux millions* (1921) et *Pages de critiques* (1926), essais qui lui valent la médaille d'officier de l'Académie française ;

L'homme qui va... (1929), pour lequel il reçoit le prix Athanase-David, *Sébastien Pierre* (1935), un autre recueil de récits; d'autres essais et pamphlets très engagés: *Jeunesse* (1935), *Art et combat* (1937), *Les grenouilles demandent un roi* (1943), *Les armes du mensonge* (1945), *L'U.R.S.S., paradis des dupes* (1945), *Pourquoi je suis antiséparatiste* (1962). Harvey a publié trois romans: *Marcel Faure* (1922), *Les demi-civilisés* (1934) et *Les paradis de sable* (1953). Il a laissé cinq manuscrits de romans: *Les mauvais anges* et *Le message*, première et deuxième versions de ses *Paradis de sable*; *Les affamés*, une version du roman encore inédit intitulé *Le défilé des Mékinas*; et un dernier roman *André le possesseur*, également inédit, de plus de 300 pages, qui traite de l'avènement de l'érotisme dans la société contemporaine. Les manuscrits de ces romans sont conservés dans le Fonds d'archives Jean-Charles Harvey à la Bibliothèque de l'Université de Sherbrooke.

La condamnation, le 25 avril 1934, du roman *Les demi-civilisés* par le cardinal Villeneuve, archevêque de Québec, met fin à la carrière journalistique de Jean-Charles Harvey dans la capitale. Parce qu'il a été un fidèle défenseur des politiques du gouvernement libéral, le premier ministre Louis-Alexandre Taschereau lui obtient le poste de directeur du Bureau de la statistique du Québec. Trois ans plus tard, en janvier 1937, il est limogé par le gouvernement conservateur du premier ministre Maurice Duplesssis, au pouvoir depuis six mois. Harvey quitte alors Québec pour Montréal, où il fonde le journal *Le Jour*, qu'il dirigera jusqu'à la fermeture de celui-ci en juin 1946.

Sans emploi stable, Harvey cherche à entrer au service de l'UNESCO et à l'Office de secours et de travaux des Nations unies pour les réfugiés de Palestine dans le Proche-Orient. En 1951, il est recruté par la station de radio CKAC à titre de commentateur de nouvelles. En 1953, il obtient finalement un emploi d'éditeur adjoint au *Petit Journal* de Montréal, dont il assumera la direction technique de la fin 1956 jusqu'à son départ en 1966. Jean-Charles Harvey meurt le 3 janvier 1967 à l'âge de 76 ans.

DU MÊME AUTEUR

Romans

Marcel Faure, roman, Montmagny, Imprimerie de Montmagny, 1922, 214 p.

Les demi-civilisés, roman, Montréal, Éditions du Totem, 1934, 223 p.; Éditions de l'Homme, 1962; L'Actuelle, 1970; Les Quinze, 1982; Presses de l'Université de Montréal, édition critique, 1988; Éditions Typo, 1993. Traductions anglaises: *Sackcloth for Banner*, Toronto, The Macmillan Co. Ltd., 1938 et *Fear's Folly*, Ottawa, Carleton University Press, 1982.

Les paradis de sable, Québec, Institut littéraire du Québec, 1953, 242 p.

Contes, nouvelles et récits

L'homme qui va..., contes et nouvelles, Québec, Imprimerie du journal *Le Soleil*, 1929, 214 p.; Montréal et New York, Louis Carrier et compagnie, Éditions du Mercure, 1929; Montréal, Éditions de l'Homme, 1967.

Sébastien Pierre, Lévis, Éditions du *Quotidien*, 1935, 226 p.; Montréal, Éditions internationales Alain Stanké, 1985.

Des bois, des champs, des bêtes, Montréal, Éditions de l'Homme, 1965, 130 p.

Poèmes

La fille du silence, Montréal, Éditions d'Orphée, 1958, 134 p.

Essais, brochures et pamphlets

La chasse aux millions. L'avenir industriel du Canada français, Québec, publié sous les auspices du Crédit industriel, 1921, 40 p.

Québec la doulce Province, textes rédigés par Jean-Charles Harvey et Ernest Schenck, guide établi par Claude Melançon et Maurice Sauriol, gravures de Marcel Cognac, Montréal, le Chemin de fer national du Canada, 1925, 64 p.

Pages de critiques, Québec, Éditions du journal *Le Soleil*, 1926, 188 p.

Jeunesse, « Les Cahiers noirs », Québec, Éditions Vivre, 1935, 59 p.

Art et combat, Montréal, Éditions de l'Action canadienne-française, 1937, 230 p.

French Canada at War, Toronto, Macmillan War Pamphlets, 1941, 26 p.

Les grenouilles demandent un roi, Montréal, Éditions du Jour, 1943, 156 p.; traduction anglaise: *The Eternal Struggle: The Truceless Conflict between the Rights of the Individual and the Forces of Despotism*, Toronto, Forward Publishing, 1943, 31 p.

Les armes du mensonge, Montréal, Imprimerie *La Patrie*, 1945, 32 p.; traduction anglaise: *The Weapons of Falsehood*, Montréal, Imprimerie *La Patrie*, 1945, 32 p.

L'épidémie des grèves [s.l., s. édit.], 1945, 28 p.

La peur, texte de la conférence prononcée par Jean-Charles Harvey le 9 mai 1945, devant les membres de l'Institut démocratique canadien de Montréal. D'abord reproduit le 12 mai 1945 dans le journal *Le Jour* (p. 1, 4 et 5), le texte de la conférence est ensuite inséré dans le périodique les *Feuilles démocratiques*, Saint-Hyacinthe, Imprimerie Yamaska, vol. 1, nº 1, septembre 1945, 16 p.; 3e édition: préface d'Yves Lavertu, Montréal, Éditions Boréal, 2000, 62 p. Traduction anglaise: *Fear: text of an address given to the Institut Demogratique Canadien of Montreal* [s.l., s. édit.], 1945, 26 p.

Pourquoi je suis antiséparatiste, Montréal, Éditions de l'Homme 1962, 128 p.

Visages du Québec, texte de Jean-Charles Harvey, photographies de Marcel Cognac, Montréal, Cercle du Livre de France, 1964, 208 p.; traduction anglaise: *The Many faces of Quebec*, Toronto, Macmillan, 1966, 202 p.

CHOIX D'ÉTUDES CRITIQUES

Belleau, André, *Le romancier fictif : essai sur la représentation de l'écrivain dans le roman québécois*, Québec, Nota Bene, 1999, p. 102-106.

Bouchard, Gérard, « Les quatre saisons de Jean-Charles Harvey », *La pensée impuissante : échecs et mythes nationaux canadiens-français (1850-1969)*, Montréal, Boréal, 2004, p. 169-219.

Chartier, Daniel, « *Les demi-civilisés* : le succès au détour de la censure », *L'émergence des classiques : la réception de la littérature québécoise des années 1930*, Fides, « Nouvelles études québécoises », 2000, p. 201-240.

Dion, Léon, « Jean-Charles Harvey », *Québec 1945-2000 : les intellectuels et le temps de Duplessis*, Québec, Presses de l'Université Laval, tome II, 1993, p. 254-257 et *passim*.

Dumont, Fernand, Jean Hamelin et Jean-Paul Montminy, « *Le Jour*, 1937-1946 », *Idéologies au Canada français, 1930-1939*, Québec, Presses de l'Université Laval, vol. 3, 1978, p. 131-163.

Gagnon, Marcel-Aimé, *Jean-Charles Harvey, précurseur de la Révolution tranquille*, Montréal, Éditions Beauchemin, 1970, 381 p.

Gonzalo-Francoli, Yvette, « La double réception des *Demi-civilisés*, 1934 et 1962, » *Réception critique de textes littéraires québécois* (Études présentées et rassemblées par Richard Giguère), Sherbrooke, Département d'études françaises, Université de Sherbrooke, 1982 p. 42-67.

Hanet, Frédérique Elsie, « La Littérature du refus en pays dominés : entre continuité, invention et utopie », Montréal, Université de Montréal, Département de littérature comparée, 2004, 302 p.

Hébert, Pierre, Yves Lever et Kenneth Landry (dir.), « *Les demi-civilisés* », *Dictionnaire de la censure au Québec : littérature et cinéma*, Montréal, Fides, 2006, p. 179-183.

Lamonde, Yvan, « 1937 : Jean-Charles Harvey et *Le Jour* : l'antinationalisme libéral », *La modernité au Québec*, vol. 1 : *La crise de l'homme et de l'esprit* (1929-1939), Montréal, Fides, 2010, p. 185-193 et *passim*.

Lavertu, Yves, *Jean-Charles Harvey. Le combattant*, Montréal, Boréal, 2000, 462 p.

Modder, Sabine Coral, « La femme condamnée : l'univers féminin dans quatre romans québécois condamnés par le clergé », Kingston, Queen's University, Département d'études françaises, M.A., 1990, 96 p.

Morin, Michel, « *Les demi-civilisés* ou le savoir de l'échec », *L'Amérique du Nord et la culture*, tome II : *Le territoire imaginaire de la culture*, Montréal, Hurtubise HMH, 1982, p. 199-261.

Nadeau, Simon, « Une première libération », *L'autre modernité*, Montréal, Boréal, 2013, p. 23-29, 98-99.

Robert, Guy, *Aspects de la littérature québécoise*, Montréal, Éditions Beauchemin, 1970, p. 98-112.

Rousseau, Guildo, *Jean-Charles Harvey et son œuvre romanesque*, Montréal, Centre éducatif et culturel, 1969, 200 p.; réédition: Sherbrooke, Éditions Naaman Dilif, 1978, 200 p.

— « *Les demi-civilisés* de Jean-Charles Harvey », *Dictionnaire des œuvres littéraires du Québec*, Montréal, Fides, vol. II, 1980, p. 343-349.

— Édition critique des *Demi-civilisés* de Jean-Charles Harvey, Montréal, Les Presses de l'Université de Montréal, « Bibliothèque du Nouveau Monde », 1988, 302 p.

Savard-Boulanger, Sylvianne, « La pensée politique de Jean-Charles Harvey journaliste », Sherbrooke, Université de Sherbrooke, Département des études françaises, Ph. D., 1985, 366 p.

Teboul, Victor, *Le Jour: émergence du libéralisme moderne au Québec*, Montréal, Hurtubise HMH, 1984, 436 p.; 2e édition: *Jean-Charles Harvey et son combat pour les libertés. Essais*, Montréal, Édition Tolérance.ca, 2013. Livre disponible en ligne à la Bibliothèque et Archives nationales du Québec.